행복에 대해서는
우리, 물러서지 말자.
이상권

첫사랑*ing*

이상권 장편소설

특별한서재

· 차례 ·

희채는 수줍음을
많이 타는 아이였다

유독 까탈을 부리던 잎샘추위가 뒷걸음질 치고 산과 들이 한 타령으로 초록 주단을 깔던 사월 어느 날 할머니가 희채를 부르더니

"희채야, 어서 나와라. 아재가 많이 기다리시겠다!"

하고 테라스에서 몇 번이나 헛기침을 하였다.

희채는 자꾸만 뒤따라 나오려고 하는 갈색 포메라니안 쫑을 발길로 막으면서 짜증을 냈다.

"쟤 때문에 나갈 수가 없다구요오!"

할머니는 잠깐 그걸 잊었다는 듯이 다시 들어와서, 인간의 나이로 따지면 도대체 몇 살쯤 되는지 알 수가 없는 그 늙은 개를 품에 안고 달래더니

"자, 갔다 올 테니까, 집 잘 보고 있어야 해."

그렇게 안방으로 밀어 넣었다.

마당에서는 할머니의 온갖 수발을 받고 살아가는 잔디가 푸르게 살이 오르고, 마당가 꽃밭에는 제비꽃 또래의 키 작은 풀꽃들이 몰려나와 그야말로 북새통이다.

희채가 작년에 심어 놓은 수선화도 다른 풀꽃들의 텃세를 이겨내면서 야무지게 자기만의 색깔을 드러냈다.

할머니는 손에 들고 있던 까만 비닐봉지를 희채한테 내밀었다. 그 속에는 간단하게 제를 올릴 수 있는 술과 북어와 과일 몇 개가 들어 있었다.

희채가 앞장섰다. 할머니는 마을이 한눈에 잡히는 곳에 오면 누가 부르지도 않았건만 자꾸만 뒤돌아보는 버릇이 있었다.

할머니가 평생 살아온 샘내 1리에는 원주민들의 집이라고는 몇 채 남지 않았고, 대부분은 외지인들이 지은 전원주택이었다. 10년 전에 마을이 광역시로 통합되면서 할머니에게 도시의 시간들이 몰려오기 시작했는데, 도시의 시간이란 빠르고 화려해서 땅의 시간이 당해낼 수 없다고 했다. 이제 땅의 시간을 숭배하면서 살아가는 것은 저 샘강뿐이라고 하면서.

"봐라, 저 수리산도 영원할 줄 알았지만 도시의 시간이 밀려오자 힘없이 무너지잖아? 저 수리산 뒤쪽은 아파트가 들어선다고 하고, 앞쪽은 병원이랑 실버타운이 들어선다고 하니······."

할머니는 말꼬리를 흐리면서 샘내 2리에 있는 수리산 쪽으로 눈길을 주었다.

지금 희채가 할머니를 따라서 수리산에 가는 이유도, 그 골짜기 어느 산마루에 있는 할아버지의 묘를 이장해야만 하기 때문이다. 할머니랑 먼 친척관계인 그 산 주인이 그곳을 외지인한테 팔면서 묘를 이장해달라고 부탁한 모양이다.

"저런 것을 보면 오래 산다는 것이 결코 좋은 일이 아니다만, 그래도 도시의 시간이 아직 건드리지 못하는 것은 저 샘강뿐이야. 희채야, 그래서 할아버지를 화장해서 강에다 뿌릴 거야. 할머니도 죽으면 화장해서 저 강에다 뿌려라."

희채는 갑자기 할머니의 유언 같은 말까지 듣자 이상하게도 불편했다. 그래서 못 들은 척 눈을 감아버렸다.

어쨌거나 할머니의 말을 듣다 보면 도시의 시간이라는 것이 악마 같다는 생각이 들었으나, 그때마다 희채는 마음속으로 강하게 부정하였다. 이 시골마을이 광역시로 포함되어 많이 발전되었다고 웃는 사람도 여럿 보았고, 실제로 마을은 땅값이 제법 올라서 이곳 원주민들은 그걸 팔아 쏠쏠하게 재미를 보기도 했다.

희채 아빠도 땅값이 올랐을 때 팔아야 한다고 하면서 조상 대대로 물려받은 땅들을 4년 전에 처분하였고, 그 일부 돈으로 할머니네 헌집을 허물고 예쁘게 지어주었다.

어쨌든 희채 아빠는 그 돈으로 서울에서 안정적으로 사업을 할 수 있었다. 그러니까 희채 아빠 입장에서는 잘된 일이다.

그뿐 아니다. 강변에는 '샘강 길'이라는 아름다운 자전거길이 조성되어 전국적으로 유명해졌다. 샘강을 따라 수많은 카페와 식당들이 들어섰다. 그만큼 마을은 활기 넘치고 있었다.

저 넓은 들에도 아재네 블루베리 비닐하우스만 빼고는 거의 다 외지인에게 넘어갔으며 곳곳에서 다세대주택 공사를 하고 있었다. 그런 식으로 변해가고 있었는데

"할머니, 그게 뭐 어때서?"

희채는 그렇게 따져 묻고 싶었다.

샘강 길로 들어섰다.

헤아릴 수 없을 정도로 오랫동안 사람들의 땀을 씻어 온 샘강의 물비린내가 희채의 코를 찔렀다.

뒤에서 자전거가 달려오자 희채가

"할머니 비켜요!"

하고 소리쳤고, 할머니는 살짝 옆으로 물러났다가 마치 수많은 눈이 살아나듯이 반짝거리는 강물을 한동안 바라다보았다.

할머니는 그렇게 한동안 강물을 보면서 뭐라 속엣말을 하다가 아재의 전화를 받았고, 그제야 정신을 차렸는지 앞서 걸었

다. 샘내 2리에 사는 아재가 펜션촌 입구에서 손을 흔들었다. 그러자 할머니는 걸음을 재촉했는데 어찌나 빠르던지 희채는 뛰다시피 했다. 할머니를 뒤따라갈 때마다 느끼는 것이지만, 그 걸음걸이만큼은 늙은 사람이 아니라 한창 때의 젊은 남자 같았다.

희채는 숨이 찰 정도였다.

"희채가 많이 컸구나!"

아재가 주름골 투성이 이마를 문지르고는 희채의 어깨를 툭툭 쳐주었다. 그때마다 희채는 할머니의 얼굴을 힐끗힐끗 보았다. 할머니는 사나흘에 한 번꼴로

"희채야, 넌 왜 이렇게 안 먹냐? 그러니까 키가 안 크지? 태희를 봐라. 태희는 눈 깜짝할 새 밥 두세 그릇을 먹어치우고, 고기도 어른들보다 더 많이 먹는단다. 근데 넌 고기를 봐도 먹는 둥 마는 둥 하니, 그 놈의 식성은 네 엄마를 닮았구나!"

그런 식으로 친구 태희랑 비교하면서 잔소리를 해댔다. 그때마다 희채는

"내가 없었을 때는 누군가한테 잔소리하고 싶어서 어떻게 살았을까!"

하고 고개를 절레절레 흔들어버렸다.

희채는 아재하고 정확히 촌수가 어느 정도 되고, 어느 정도 가까운 친척인지 모른다. 그저 이 근처에 사는 분들 중에서 가

장 가까운 친척이라는 정도만 알고 있을 뿐이다.

지금은 샘내동이라고 부르는 샘내 1리와 샘내 2리는 약 1킬로미터 정도 떨어져 있으나 거의 한마을이나 다름없었고, 그래서 아재는 늘 샘내 1리를 오가면서 혼자 살아온 할머니를 도와주었다. 그런 아재의 얼굴을 보면 상당히 가까운 관계처럼 보였지만, 할머니의 표정을 보면 그렇지도 않았다. 할머니는 조카뻘인 아재를 약간 어려워하면서 적당히 거리를 두었고, 그러면서도 힘든 일이 생길 때마다 그에게 의지하면서 살아왔다.

희채는 그런 어른들만의 관계를 알려고 하지도 않았다.

이미 수리산 숲속에는 여러 갈래의 길이 새로 뚫렸고, 덤프트럭과 레미콘 차량의 소음이 귀를 마비시킬 정도였다. 할머니는 계속 손으로 코를 막으면서 얼굴을 찌푸렸다.

아재는 그런 할머니를 의식했는지 차도에서 벗어나 작은 산길로 방향을 틀었다. 산허리 중간쯤 올라가자 새들이 요란하게 지저귀면서 자기들만의 시간을 만끽하고 있었고, 또 얼마쯤 가자 어떤 여자의 노랫소리가 귀를 파고들었다.

끝이 뾰족하게 생긴 동그란 모자를 쓴 여자는 계곡물에다 발을 풀어놓고 몸을 살래살래 흔들면서 노래를 부르고 있었다. 그런데 도무지 노랫말을 알아들을 수가 없었다. 영어 같기도 하고, 중국말 같기도 하고.

할머니는 그 여자를 유심히 내려다보면서 낮게 중얼거렸다.

"가만있자, 저 모자는…… 베트남 사람들이 쓰고 다니는 것인데……"

"숙모님, 맞아요. 저 모자는 '논'이라고 하는 베트남 전통모자이고, 저 여자가 입고 있는 옷은 아오자이라고 하는데 베트남 여자들이 입는 전통 옷이에요. 우리나라 한복이나 마찬가지지요. 작년 가을에 이사 온 베트남 여잔데, 남편은 없고 딸이랑 둘이 살더라고요."

"허허, 그런가? 남편이 없는데 딸이랑 둘이 산다고? 끙, 저런 여자도 자기 새끼를 버리지 않고 살아가는데……"

할머니는 저도 모르게 튀어나오려고 하는 며느리에 대한 말을 간신히 참아냈으나, 희채하고 눈이 마주치는 순간 얼른 눈길을 돌렸다. 희채가 할머니네 집으로 와서 가장 많이 듣는 소리가

"어떻게 어미가 새끼를 버리고 갈 수가 있어? 사람보다 못한 짐승들도 그러지 않는데……"

하는 말이었다. 할머니나 마을 어른들이 그렇게 말할 때마다 희채는 희미했던 엄마의 얼굴이 또렷해지는 것 같았다. 그래서 더욱 괴로웠다. 희채는 엄마를 기억 속에서 지우고 싶었다. 원망도 미움도 없이 다 잊고 싶었다. 그런데 잊을 만하면 할머니나 마을 어른들이 엄마 이야기를 끄집어냈고, 그때마다 희채는

마음속에서 상처가 덧나는 것만 같았다.

"제발 그만 좀 하라구요! 난 아무렇지도 않으니까 제발요!"

살다 보면 때때로 엄마가 많이 그리웠던 순간들도 있지만 그래도 이제는 엄마를 생각하는 횟수가 훨씬 줄었고, 그래서 이제는 엄마라는 사람이 어디에선가 잘 살아가기를 바랄 뿐이다. 그런 마음을 어른들이 존중해주었으면 좋겠다.

희채는 그런 생각을 하면서 혼자 앞서가다가 아재가 부르는 소리를 들었다. 아재가 햇살이 잘 드는 계곡에서 얼굴 좀 씻고 가자고 손을 흔들었다. 희채가 내려가자 할머니는 작은 못 앞에서 얼굴을 씻고 있었다.

"이 골짜기에 요양병원이 들어서고, 실버타운이 들어서면 더이상 이런 물도 구경할 수 없을 것이다. 아마 올해가 마지막일 거야."

희채는 아재의 말을 듣고 얼굴을 씻으려다가 물에 비친 그림자를 보고 얼른 고개를 들었다. 진달래색 아오자이를 입고 양 갈래로 머리를 땋아 내린 여자아이가 못 위쪽 바위에 앉아 있었다.

여자아이 눈이 희채하고 마주쳤다. 순간 여자아이는 소스라치게 놀라며 손에 들고 있던 꽃다발을 놓아버렸다. 꽃다발은 흩어지면서 하나둘 못으로 떨어졌다.

희채는 어른들이 눈치채지 못하도록 계속 소리 나게 얼굴을 씻었다.

여자아이는 주춤주춤 뒷걸음질 쳤다. 잎이 무성한 키 작은 소나무 사이에 연분홍색 옷이 살짝 걸쳐지는가 싶더니, 순식간에 사라져버렸다.

"희채야, 어서 씻고 가자!"

아재가 다그치자 그제야 희채는 정신이 들어 얼굴을 씻었지만, 연못의 맑은 물이 연분홍 진달래색으로 보일 만큼 그 소녀의 모습이 아른거렸다.

할아버지의 산소 주위에서 살아가는 나무들은 이미 다 베어져서 전사자들처럼 뒹굴고 있었고, 아래쪽에서는 포클레인이 땅을 파헤치면서 무덤 속에 누워 있는 할아버지한테

"어서 나가시라구요! 만약 나가지 않으면 이렇게 싹 밀어버릴 테니까, 알아서 하시라고요!"

그렇게 으르렁거리는 것만 같았다. 그런데 희채는 산소에서 마지막으로 할아버지한테 인사를 드리는 순간에도 그 여자아이가 떠올라서

"네 이놈!"

하고 할아버지가 소리칠까 봐 자꾸만 뒤돌아보았다.

그 다음날 할아버지의 산소는 파헤쳐졌고, 할아버지의 뼈는 샘강에 뿌려졌다. 할머니는 희채가 뼛가루를 뿌릴 때마다

"흐르고 흐르지만 이것만큼 한결같은 것도 없소. 오히려 땅보다 더 편할 것이오."

하고 마치 주문을 외우듯이 읊조렸다. 그런 할머니를 보면서도 희채는 그 여자아이가 떠올랐고, 저도 모르게

"내가 미쳤나! 왜 이러지?"

주먹으로 자기 이마를 툭툭 치기도 했다.

어쨌든 할머니의 말처럼 할아버지는 도시의 시간을 피해 영원히 땅의 시간이 흐르는 곳으로 갔으니 행복할 것이다. 희채는 그런 할머니의 말을 믿고 싶었고, 그러면서 할아버지를 품은 그 강물이 달라 보였다. 단순하게 흐르는 물이 아니라 인간이 알 수 없는 또 다른 세상으로 흘러가는 것처럼 보였다.

잠이 들면 샘강이 나타났는데, 할아버지가 사라진 강물에서 그 여자아이가 물놀이를 하고 있었다. 희채는 그렇게 여자아이를 훔쳐보다가 꿈에서 깨어나곤 했다. 왜 그런 꿈이 연달아 나오는지 알 수가 없었다. 더욱 당황스러운 것은 책상에 앉기만 하면 저도 모르게 그 여자아이의 아련한 실루엣을 크로키하고 있다는 사실이었다.

그야말로 희채의 머릿속은
유리 때문에 몸살을 앓고 있었다

며칠간 쉬지 않고 퍼붓던 장맛비의 고집이 한풀 꺾이고 햇살이 잠깐 나던 어느 날, 희채는 앞집에 사는 친구 태희한테 갔다. 태희라면 뭔가 알고 있을 거라는 판단에서였다.

"태희야, 나 얼마 전에 수리산에서 어떤 여자애랑 마주쳤는데, 베트남 사람들이 쓰고 다니는 모자랑 베트남 여자들이 입고 다니는 전통 옷을 입고 있더라고."

태희는 빨간테 안경을 만지작거리면서 히히히 웃었다.

희채보다 작은 태희는 식성이 좋아서 그런지 몸은 통통했고, 그래서 그런지 희채보다 훨씬 커 보였다. 태희는 초등학교 3학년 겨울 방학 때 전학 온 희채를 아무 거리낌 없이 받아주었다. 아직까지도 희채는 태희한테 속엣말 하는 것을 주저하는데, 그러거나 말거나 그는 자신의 속마음을 솔직하게 내보이는 편이었다. 태희는 그런 아이였다.

태희는 줄창 희채의 눈을 쳐다보다가 입을 열었다.

"걔 이름이 유리야. 우리 학교는 아니지만 우리랑 같은 학년이야. 걔 진짜 예쁘지? 유리가 다니는 학교에 내 친척이 있는데, 그 학교에서도 인기짱이래……."

"어, 그래, 그래."

희채는 유리라는 이름을 알아낸 걸로 만족하고는, 잘 여문 봉숭아 씨앗 주머니같이 막 터져 나오려는 태희의 입을 두려워하며 얼른 집으로 돌아왔다.

"유리, 유리, 유리!"

특별한 이름이 아니었는데도 자꾸만 곱씹게 되었고, 진달래색 아오자이 옷차림이 떠오르면 저도 모르게 그런 실루엣을 몇 장씩이나 크로키하였다.

그로부터 몇 달이 흘렀다.

희채는 억새들이 은빛 갈기를 휘날리고 있는 샘강 길을 걷다가 유리를 보았다. 유리는 수리산 계곡물이 달려와서 샘강고 만나는 모래톱에 앉아서 노래를 부르고 있었다. 역시 논을 쓰고 있어서 얼굴은 보이지 않았다.

다림질하듯이 밀려갔다 밀려오는 강물은 은빛으로 눈부셨

고, 고개 숙인 갈꽃들이 살랑살랑 한 가락으로 몸을 흔들고 있었다.

유리는 아오자이 옷과 비슷한 하늘색 원피스에다 풀각시 모양으로 땋아 내린 긴 모두머리였다. 게다가 키가 커서 뒷모습만 보면 다 큰 아가씨 같았다. 희채보다 한 뼘 이상은 커 보였다.

희채는 얼굴이 훅 달아올랐다. 유리의 뒷모습을 훔쳐보는 것만으로도 꼭 몹쓸 짓을 한 것 같았고, 그래서 다른 곳으로 눈을 돌렸는데도 그 열기가 가시지 않았다.

희채는 샘강 길 가로수인 벚나무 밑에 있는 나무의자에 앉았다.

유리의 노랫소리는 강바람을 타고 밀려갔다가 다시 밀려왔다. 팝송은 확실하게 아니고, 중국말 같기도 했다. 희채는 눈을 감고 그 알 수 없는 언어를 최대한 귀에다 담으려고 했다.

"…… 니우 키 안 몽 득 못 런 노이 라 떳 까 타이 뷔, 응오이 랑 임 응에 엠 께 붸 안 따 방 도이 막 랍 란……."

무슨 뜻이 담긴 노래인지 알 수는 없으나 허스키한 중저음의 선율이 한층 더 애절하게 전달되었다.

유리는 그 노래를 몇 번이고 몇 번이고 되풀이해서 부르다가 갑자기 돌멩이를 강물에다 던졌고, 한참 동안 가만히 있다가 천천히 몸을 흔들면서 다시 그 노래를 강물에다 흘려보냈

다. 그렇게 몇 번을 듣고 나서야 희채는

"베트남 노래구나!"

하고 생각했다. 희채는 저도 모르게 유리가 일어날 때까지 핸드폰으로 사진을 찍었고, 뒷모습이 까만 점으로 사라지자 슬그머니 일어났다.

희채는 다음날 오후에도 그 샘강 길을 걸었다. 유리는 보이지 않았다.

그러자 희채는 이상하게도 허탈했고, 집에 와서 유리창만 보아도 유리가 떠올랐으며 아침에 눈을 떠서 잠들 때까지 무시로 그녀를 생각하였다. 그때마다 희채는 유리의 실루엣을 마구 크로키했다. 어떤 날은 수십 장이나 크로키하기도 했다. 그야말로 희채의 머릿속은 유리 때문에 심한 몸살을 앓고 있었다.

희채의 말수가 줄어들자 할머니의 잔소리는 갈수록 늘어졌다. 날마다 학교만 갔다 오면 어딜 그렇게 싸돌아 다니냐고, 그 특유의 굵고 짜랑짜랑한 목소리가 더욱 커졌다. 할머니는 그런 사람이었다. 어린 손자들에게 무조건

"오냐오냐, 괜찮다! 괜찮아!"

하고 어린 풀잎을 어루만져주는 봄볕 같은 얼굴이 아니었다. 희채의 아빠가 14살 때 할아버지가 돌아가셨고, 그때부터 억척스럽게 외아들을 키우면서 살아온 할머니가 거의 80에 가

까운 나이인데도 노인이라는 생각이 들지 않았다. 허리도 굽지 않았고, 머리카락도 늘 염색을 하고 다녀서 그런지 흰머리 하나 보이지 않았다. 걸음걸이도 늘 꼿꼿해서 뒷모습만 보고는 나이를 판단할 수 없었다.

불그스름하게 물든 단풍나무 잎이 팔랑팔랑 떨어져 내리던 아침.

희채는 일어나자마자 화장실로 뛰어들었다. 속옷이 축축했다. 그냥 축축한 정도가 아니라 기분 나쁠 정도로 끈적끈적했다. 속옷에 묻은 건 오줌이 아니었다.

지난밤 꿈속에서도 유리는 할아버지의 뼈를 뿌린 강가에 나와서 물새들이랑 놀았다.

희채는 샘강 길에 있는 의자에 앉아 있었는데, 갑자기 물오리들이

"저기 어떤 놈이 엿보고 있다!"

하고 소리쳤다. 희채는 벌떡 일어났지만 달아날 수가 없었다. 어느새 물오리들이 희채를 에워싸고 있었다. 유리가 깔깔깔 웃으며 다가왔다.

"너 며칠 전부터 날 몰래 훔쳐보고, 날 찍었지? 뭐야 사이코 패스야? 사실대로 말해!"

희채는 달아나려고 주위를 두리번거렸다. 달아날 곳은 오직

강물이 흐르는 쪽밖에 없었다. 희채는 강물로 뛰어들었다. 첨
벙, 하고 물속으로 빨려 들 줄 알았으나, 그곳은 물속이 아니라
진흙 펄이었다.

어느새 유리가 펄 속에서 얼굴을 내민 채 희채를 보고 웃었
다. 어디 도망갈 테면 가보라는 식이었다.

희채가 아등바등 몸부림치면 칠수록 몸은 끈적끈적한 진흙
펄 속으로 빨려 들었다. 희채의 몸은 머리만 남겨 놓고 펄 속으
로 사라졌다.

유리는 물고기처럼 부드럽게 헤엄치면서 다가오더니 펄 속
에 있는 희채의 왼손을 잡아끌었다. 희채의 몸은 무 뽑히듯이
끌려가서 유리의 몸에 닿았다. 유리의 몸은 진흙 펄처럼 부드
러웠다. 유리는 옷을 입지 않았다. 어, 어떻게 된 건지 몰라도
희채 역시 알몸이었다. 순간적으로 희채의 몸은 달아올랐다.
정신이 멍해졌다.

그때 유리의 팔다리가 나무뿌리로 변하면서 희채를 옭아매
더니, 진흙 펄 속으로 끌어내리기 시작했다. 그제야 희채는 정
신을 차리면서 마구 살려 달라고 소리치다가 눈을 떠 보니, 속
옷이 축축했던 것이다.

희채는 거울 속에 드러난 자기 얼굴을 보고 다시 당황했으
며, 더운 날 죽은 생선만큼이나 빠르게 기분이 상해가고 있었
다. 이런 일은 처음이었다. 할머니한테 말할 수도 없었다.

희채는 샤워기를 내리고 화장실 바닥에 쪼그려 앉았다. 그리고는 바지를 내린 다음 샤워기를 틀어서 사타구니를 씻기 시작했다.

어찌된 영문인지 모르겠으나 화장실 문이 살짝 열려 있었고, 그 틈으로 얼굴을 내민 쫑이

"얼레리꼴레리, 얼레리꼴레리!"

하듯이 짖어대기 시작했다. 희채는 깜짝 놀라면서

"저리 꺼져!"

거칠게 발로 화장실 문을 찼다. 그와 동시에 쫑은

"깨갱! 깨갱! 깨개개개에!"

거의 비명에 가깝게 소리 질렀다. 식탁에다 밥을 차리던 할머니의 목소리가 날아왔다.

"이놈아! 왜 아침부터 괜히 쫑을 발로 차고 그러냐? 어서 밥 먹고 아재네 예식장 가야 하니까 준비해! 오늘 아재네 큰형 결혼식이라고 몇 번이나 말했잖아!"

희채는 엄마랑 아빠가 이혼한 지 6개월 만에 할머니네 집으로 왔는데, 그때부터 저 늙은 개는 집요하게 텃세를 부렸다. 괜히 희채를 보면 짖어대거나 희채의 방에다 오줌이나 똥을 싸대는 것은 예삿일이었고, 희채가 건드리지 않고 쏘아보기만 해도 숨 넘어가는 소리를 질렀다. 그때마다 희채는 할머니한테 엄청나게 혼났다. 희채는 가끔씩 쫑을 보면 개가 아니라 아주 마음

씨 고약한 늙은 마녀 같았다. 그래서 웬만하면 상대하지 않았으나 오늘은 뜻대로 되지 않았다.

그 개는 이 마을에서 살던 할머니의 친구가 기르던 것이었고, 그분이 돌아가시면서 떠맡게 되었다.

희채는 다시 쫑을 째려보면서 소리쳤다.

"할머니, 저 예식장 못 가요. 학교 가야 돼요!"

"그래, 학교 가거라 이놈아! 쫑이 다 웃겠다, 이놈아. 오늘 토요일이잖아!"

희채는 "아차!" 하고 뒤통수를 긁적거리면서 더 이상 말대꾸하지 않았다. 밥상을 물리치고 밖으로 나오자, 멀리 수리산에서 출정한 비구름이 도도하게 밀려오고 있었다.

버스 정류장 앞에서 붉은색 관광버스가 매연을 내뿜고 있었다. 차에서 내린 아재가 할머니한테 다가오더니 비가 올 것 같으니까 어서 타라고 했다.

할머니는 준비 잘했냐고 묻고는 차에 올라갔다. 희채도 따라갔다. 오랜만에 샘내동 원주민들이 거의 다 모였다. 이미 차 안을 술 냄새가 점령한 것 같았다. 희채는 저도 모르게 얼굴을 찌푸렸다.

맨 뒷좌석에서 태희가 손을 흔들었다.

어른들은 차가 이동하는 중인데도 술을 주고받았고, 어떤 할머니가 통로 쪽으로 나와서 희채가 알 수 없는 오래된 노래를 불러댔다.

버스가 샘내 2리를 지나 수리산을 돌아가자 거대한 아파트 숲이 나타났다. 희채가 다니는 학교도 그곳에 있었고, 샘내동 주민자치센터도 그곳에 있었다.

예식장은 희채네 학교에서 그리 멀지 않았다.

관광버스에서 내릴 때에는 빗방울의 서슬이 더욱 사나워지고 있었다.

아재네 큰아들, 그러니까 희채한테는 형님뻘인 신랑은 아재하고는 달리 키가 크고 할머니처럼 눈이 부리부리했다. 할머니의 아들이 아닌가 하고 착각할 정도였다. 신랑은 희채하고 눈이 마주치자

"와아, 아빠하고 붕어빵이네!"

그러면서 희채 등을 토닥거렸다. 의사라고 하는 신랑의 몸에서는 소독약 냄새가 날 것만 같았다. 신랑은 할머니의 잔소리에 단골로 등장하는 인물이었다. 열심히 공부해서 과학고를 나와 서울대 의대에 합격한 인물로, 할머니가 희채한테도 가장 닮기를 바라는 위인 같은 사람이었다.

태희는 결혼식이 시작되기도 전인데 식당으로 가자고 하더니, 빨리 밥을 먹고 도망치자고 하였다. 이따가 마을로 돌아가는 관광버스는 곧장 가지 않고 근처에 있는 유명한 절과 바닷

가를 돌고 돌아서 저녁 무렵에야 도착할 것이라면서.

희채는 그런 정보를 알려준 태희한테 고맙다는 뜻으로 사이다 캔을 따서 따라주었다. 뷔페라지만 희채는 딱 두 번 음식을 가져다먹고는 고개를 흔들어버렸다. 그리고 무려 열 번이나 음식을 가져다먹는 태희의 먹성에 감탄하다가 할머니의 전화를 받았다. 이제 결혼식이 끝나서 가족사진을 찍어야 하니까 어서 와야 한다는, 타박하는 목소리였다.

"네 아빠가 안 계시니까 너라도 있어야 하는 거야. 아재랑 네 아빠는 친형제만큼이나 친했거든. 어서 와라!"

희채는 투덜투덜 다시 예식장으로 가서 얼굴도 모르는 아재네 가족들이랑 섞여 사진을 찍었다. 그리고 나서 태희한테 전화를 했더니

"희채야, 미안하다! 엄마가 이모네 집에 간다고 하면서, 같이 가자고 해서. 우리 이모가 이 근처에 살거든. 헤헤헤, 미안."

하는 통에 그만 김이 빠져버렸다. 그렇다고 어른들이랑 같이 관광버스를 타고 오후 내내 돌아다닐 생각을 하니 더 머리가 아팠다. 희채는 할머니한테 먼저 버스타고 집에 가겠다고 했다. 할머니도 그렇게 하라고 허락했다.

큰길로 나오자 샘내동으로 가는 시내버스가 나오고 있었다. 희채는 요란하게 손을 흔들면서 뛰어갔고, 잠깐 멈춰선 버스 안으로 올라탔다. 그리고는 버스 카드를 찍고 빈자리를 더듬다

가 하마터면

"아저씨, 차 좀 세워 주세요!"

소리칠 뻔했다. 맨 뒷자리 바로 앞, 그러니까 뒤에서 보면 두 번째 자리 오른쪽에 유리가 앉아 있었던 것이다.

희채는 다리가 휘청했다. 유리가 희채를 빤히 쳐다보고 있었다. 희채 얼굴이 확 달아올랐다. 발가벗고 있는 기분이었다. 이상한 냄새도 풍겼다. 비 오는 날이면 으레 차 안에서 풍기는 그 냄새.

희채는 그 냄새를 가장 싫어한다.

희채는 목구멍으로 치밀어 오르는 멀미 기운을 느끼며 서둘러 빈자리를 찾았다.

빈자리는 유리 옆자리와 바로 앞자리뿐이다.

희채는 유리 앞으로 가서 앉았다. 오늘 따라 차는 자주 신호에 걸렸고, 희채는 속이 불편했다. 어려서는 차멀미가 심했지만 초등학교에 들어간 뒤로는 멀미 때문에 힘들어한 적은 없었다. 그런데 오늘은 조짐이 좋지 않았다.

희채가 창문을 열었다. 그러자 옆에 앉은 할아버지가,

"이봐 학생, 비가 들어오잖아!"

하는 통에 어쩔 수 없이 문을 닫았다. 문어가 연상되도록 머리가 할랑 벗겨진 그 할아버지가 한없이 야속했지만 뭐라고 사정할 수도 없었다.

그때부터 희채는 입을 앙 다물고 멀미와 한바탕 격전을 벌이기 시작했다. 오늘 따라 멀미가 이 난리를 치는지 이해할 수 없었고, 멀미란 놈이 한없이 미웠다. 안타깝게도 대세는 이미 기울고 있었다.

그 이상한 냄새가 희채의 코를 마구 유린하고 있었다.

어쩌면 오늘이 최악의 날이 될지도 모른다는 불길한 예감이 스쳤다. 게다가 뒤에서는 유리가 이런 꼬락서니를 다 보고 있을 것이다. 희채는 태희만 같이 있었어도 괜찮았을 텐데 하는 생각이 들었고, 등 뒤에 있는 유리가 미웠다. 옆에 앉은 문어 대가리 할아버지보다, 이 차에 타고 있는 유리가 더 원망스러웠다. 그 이상한 냄새들이 유리와 관련 있다고 몰아붙였다.

'쟤 때문이야. 쟤 때문에 내가 멀미하는 거야!'

희채는 속으로 맹렬하게 유리를 욕하면서 멀미와 싸우고 있었다. 그러나 마그마가 땅을 뚫고 나오듯이, 목구멍에서 입 안으로 아침에 먹은 밥알들이 솟구쳤다. 희채는 얼른 두 손으로 입술을 막았고, 그것들을 다시 있는 힘을 다해서 삼켰다. 눈물이 났다.

그때 뒤에서 가느다란 목소리가 들렸다.

"애, 내 옆으로 와. 여기는 아무도 없으니까 문 열어도 돼."

예상하지 못했던 구원의 소리였지만 희채는 대꾸할 수도 없었다. 이미 입술 사이로 입 안에서 새어 나온 밥알들이 굴러다니고 있었고, 입을 틀어막은 손바닥에도 신물이 새어 나오고 있었다.

희채는 모르는 체했다. 그냥 이대로 죽어버리고 싶었다. 너무 비참했다.

옆에 앉은 문어대가리 할아버지가 내렸다. 그래도 창문을 열지 않았다.

다시금 뷔페에서 먹었던 음식들이 반란을 일으키듯이 목구멍으로 솟구치고 있었고, 순간적으로 "우엑!" 하고 잘게 부서진 음식들이 쏟아져 나왔다. 희채는 차 바닥이 닿을 정도로 고개를 숙이고 있다가 자신의 운동화를 보았다. 희채는 왼쪽 운동화를 벗어 입으로 가져왔고, 몇 번이나 연달아 토해냈다. 그렇게 모든 것을 쏟아내고 나서야 멀미 기운이 주춤거렸다.

얼마 뒤 유리가 샘내 2리 버스 정류장에서 내렸다.

곧 샘내 1리 버스 정류장에서 차가 섰다.

희채는 왼쪽 운동화를 들고 간신히 차에서 내렸다.

셰프가 꿈이라는 재희 형도
유리를 좋아하고

.

여느 해보다 첫눈이 빨리 내렸다. 소금 모양의 싸락눈이 마당에서 팝콘처럼 톡톡 튀게 쏟아지더니 곧장 떡가루 눈으로 변했다. 겨울은 그렇게 시작되었다.

온통 하얗게 눈 덮인 세상으로 어슬렁거리며 내려오는 어둠도 점점 빨라졌다.

그렇게 첫눈이 내린 날 밤에 태희한테 치킨 먹으러 오라는 카톡이 왔다. 태희의 방은 2층에 있어서 어른들의 눈빛으로부터 독립되어 있었고, 그들은 그곳에서 은밀하게 야동을 보았다.

1년 전이었던가. 하루는 태희가 희채를 보자마자 히히히 웃으면서

"너도 그거 봤지?"

하고 묻기에, 희채는 무슨 뜻이냐고 눈을 크게 떴다. 태희는 그런 희채의 눈빛을 자기만의 방식으로 받아들이고는

"에이씨, 넌 벌써 봤구나! 난 어제 첨 봤는데……."

하고는 컴퓨터를 켜더니, 그 놀라운 세상을 보여주는 것이었다.

희채는 하도 놀라워서 한동안 침도 삼킬 수가 없었다. 늘 상상으로만 남녀가 옷을 벗고 그런 행위를 하려니 했는데, 막상 그걸 보자 어떤 두려움 같은 것이 가슴에서 울렁거리면서도 입이 헤벌어지면서 푹 빠져들었다.

태희가 어떻게 야동을 찾아내는지 그건 물어보지도 않았다.

초등학교 졸업식만 남겨 놓은 그들은 중학교라는 새로운 세계를 기다리면서 다소 긴장하기도 했지만, 이제 '초딩'이라는 딱지를 떼고 '중딩'이 된다는 자부심을 은근히 키우려 했다. 가급적 그들은 초딩들이 하는 놀이도 멀리했고, 중고등학교 형들의 말투를 배우려고 애를 썼다. 야동을 보는 것도 중학생이 되기 위한 자연스러운 과정이라고 그들은 생각했다. 그랬다. 초딩이라는 딱지를 떼면서부터 그들은 여자의 신비스러운 몸에 대해서 관심을 갖기 시작했다. 바로 그런 관심을 갖는다는 것 자체가 초딩 딱지를 뗀 증거라고 스스로 믿고 있었다.

아무튼 둘은 치킨을 앞에 두고도 그 맛을 거의 느끼지 못했

다. 눈으로 다가오는 야동의 강렬한 이미지가 둘을 마비시키고 있었다.

희채는 저도 모르게 유리하고 뽀뽀하는 상상을 했는데, 그럴 때면 기분이 이상해지면서 발바닥이 간지러웠다. 그럴 때의 기분이란, 아, 그건 이제까지 한 번도 느껴 보지 못한 참 야릇한 느낌이었다.

그때마다 희채는 자신의 속마음을 들킬 것만 같아서 눈길을 다른 곳으로 돌렸고, 아무런 맛도 느껴지지 않는 치킨을 꾸역꾸역 씹어 삼켰다.

그들이 야동에 푹 빠져 있을 즈음, 갑자기 문이 열리면서 재희 형이 들어왔다. 순간 태희가 컴퓨터 모니터를 껐으나 스피커에서는 남녀의 신음소리가 계속 흘러나오고 있었다. 그제야 사태를 알아챈 재희 형이 그들의 뒤통수를 차례로 후려치고는,

"오 마이 갓! 이런 입에서 젖비린내도 안 가신 놈들이 이런 성인방송을 보고 있으니……. 우리나라 앞날이 걱정이다, 이놈들아!"

하고 제법 어른스런 표정을 지었다. '성인방송'이라는 말에는 '어린이들이 보면 안 되고 어른들만이 보는 방송이라는 뜻'이 들어 있는 것 같아서 괜히 불편했다.

태희는 간신히 스피커 전원을 누르고는 못마땅한 표정을 지었다.

"뭐가 어때서! 다른 친구들도 다 보는데…….'

"오 마이 갓! 서울 한복판에 있는 이순신 장군이 들으면, 이 놈들 다시 한 번만 그따위 말을 하면 부랄을 까버린다 하고 긴 칼을 뽑았을 것이다, 이 싸가지 없는 놈들아. 뭣이 어째? 아직 초딩 딱지도 떼지 않은 놈들이, 벌써부터 까져 가지고는…….'

그러면서도 재희 형은 실실 웃고 있었다.

태희 사촌인 재희 형은 재작년부터 이곳에 머물고 있었는데, 도대체 몇 살이나 먹었는지 나이를 가늠할 수 없었다. 얼핏 보기에는 20대처럼 보이기도 했으나 또 어떨 때는 10대처럼 보이기도 했다. 충청도 어디에선가 사는 고모네 아들이라는 것만 알고 있을 뿐, 태희도 그에 대해서 아는 것이 별로 없었다.

'원조 황토오리'라는 태희네 식당은 하루에 백 대가 넘는 차가 찾아올 정도로 유명했다. 재희 형이 태희네 식당으로 온다고 했을 때 그 엄마의 반대가 심했다.

"걘 학교도 중퇴했다면서요? 그건 학교생활에 문제가 있었다는 뜻이잖아요? 그럼 우리 태희한테 좋을 게 뭐가 있어요?"

그래서인지 재희 형은 처음 1년간 태희네 식당에서 숙식을 했는데, 태희 엄마가 그를 면밀하게 관찰한 뒤에서야 "딩동댕!" 하고 합격점을 주었다고 한다.

"뭣 때문에 학교를 제대로 안 다녔는지 모르겠지만, 사람은 착하고 성실해 보이네요."

그때부터 재희 형은 태희의 옆방에서 살게 되었다.

희채는 슬쩍 태희를 건드리면서 왜 문을 잠그지 않았냐고 눈으로 말했다. 태희도 그것을 이해할 수 없다는 표정으로 뒤통수만 긁적거리다 재희 형을 보고는

"형! 왜 남의 방을 함부로 들어오고 그래! 우리 엄마 아빠도 그러지 않는데……."

하고는 애써 입에다 힘을 주었다.

"야, 그게 내 잘못이냐? 네 방이랑 내 방이 옆에 붙어 있는 것이 잘못이지. 살다 보면 나도 모르게 네 방문을 열 수도 있고, 너도 몇 번이나 내 방문을 연 적 있잖아?"

태희는 할 말이 없었다. 태희가 더 불쑥불쑥 재희 형의 방문을 열었던 적이 많았기 때문이다.

재희 형은 한동안 두터운 입술을 꼭 여미고 있었다. 뭔가 깊이 생각에 잠긴 눈빛이었다. 그러다가 제법 거드름을 피우며 다시 입을 열었다.

"나도 너희들처럼 성에 대해서 호기심이 많을 때가 있었다! 아냐, 너희들보다 더 빨랐지. 나는 초딩 4학년 때부터 몽정을 했으니까. 몽정 알아? 모르지? 오 마이 갓, 이 몽달귀신 팔촌 같은 놈들아! 어이구 순진하기는…….

남자란 몽정을 해 봐야 어린이 딱지를 떼는 거야, 알겠냐? 몽정은 아무 때나 하는 게 아냐. 밤에 여자를 생각하거나 여자

가 나오는 꿈을 꾸거나 하면 나오는 거야, 알겠냐?"

재희 형이 "알겠냐?" 할 때마다 태희는 무엇이 그리도 좋은지 배꼽을 쥐며 웃어 댔는데 희채는 그런 분위기에 휩쓸리지 않으려고 했다.

희채는 몽정이라는 말을 민감하게 받아들였다. 이미 지난 가을에 몽정을 했으니까 어린이 딱지를 뗀 거나 다름없다고 스스로 평가했다.

"태희야, 근데 말이다, 엊그제 내가 샘강 길을 걷다가 우연히 봤거든. 이야, 아랫마을에 끝내주는 물건 하나 있더라."

"형, 무슨 말이야?"

"처음 보는 아가씨 같던데, 특이하게도 아오자이 옷을 입고⋯⋯."

"아하, 난 또 뭐라고! 걘, 유리야."

"그 아가씨 이름이 유리냐?"

"걘 아가씨가 아니라 우리랑 동갑이야. 이제 초딩 졸업한다고."

"오 마이 갓! 너희들이랑 동갑이라고! 뒷모습만 봐서는 대학생쯤으로 보이던데. 키가 한 160은 훨씬 넘어 보이고⋯⋯. 오 마이 갓, 그럼 그 아오자이 아가씨가 유독 성숙하구나!"

희채는 "오 마이 갓!"이라는 말을 감탄사처럼 뱉어내는 재희 형의 말을 들으면서 괜히 화가 났다. 자기 혼자만 마음속에다

소중하게 품고 있었던 유리를 꼭 재희 형한테 빼앗기는 기분이
들었다.

설이 지나고 달이 물오르기 시작할 즈음, 희채는 시내 학원
에서 나오다가 재희 형을 만났다. 재희 형은 희채를 보자마자
근처 카페로 끌고 갔다.

"난 아메리카노, 넌 뭐 마실래? 어린이가 마실 게……. 야, 알
아서 시켜."

희채는 자존심이 상해서 자기도 커피를 시킬까 하다가 맛있
는 쿠키가 보이기에 그걸 골랐다.

재희 형이 싱글벙글하는 걸 보니 뭔가 좋은 일이 있는 모양
이었다. 그렇다고 궁금하지는 않았건만 재희 형이 재잘재잘 떠
들어대기 시작했다.

"오늘 친구들이 왔다. 짜식들이 다 날 보고는 '오 마이 갓!'
하고 놀라는구나. 지들은 날마다 뺑뺑이 돌 듯이 공부하느라고
정신이 없는데, 머잖아 나만의 식당을 차릴 거라고 하니깐 다
들 얼마나 부러워하는지 말이다. 내가 한 방 뺑! 날려줬지. 니
들 더 열심히 공부해야 한다. 요즘 고딩들 꿈이 뭔 줄 아냐? 정
규직이 되는 거야. 그러니 정규직 되려면 어떻게 해야 하는지
알지, 했더니 다들 미치려고 하더라. 걔들 아무리 발버둥 쳐봤
자 서울에 있는 대학도 못 가거든. 그러니 미치고 환장할 노릇

이겠지."

희채는 그 말을 듣자마자 저도 모르게 크게 물었다.

"형 친구들이 고딩이야?"

재희 형이 슬쩍 눈길을 피했다.

"짜샤, 그게 뭐가 중요해? 난 사회인이잖아. 난 맥주 살 때도 주민증 보여 달라는 말 한 번도 들어본 적이 없어. 네가 보기에도 내가 고딩으로 보이냐?"

희채는 그 말을 기다렸다는 듯이

"아니!"

하고 고개를 흔들어버렸다. 희채가 보기에도 재희 형은 전혀 고등학생으로 보이지 않았다. 능글맞은 말투부터 가랑이를 쫙 벌리고 어기적어기적 걷는 걸음걸이며, 입에서 흘러나오는 노래는 죄다 어른들이 좋아하는 성인가요였다.

희채는 조금 전까지만 해도

"에이, 저 형 나랑 나이 차이 얼마 안 나잖아!"

했다가 갑자기 어른처럼 느껴지자 마음이 편안해졌다. 그때부터 희채는 히히덕거리면서 맛있게 쿠키를 먹었다. 그러다가 도무지 진지함과는 거리가 멀어 보이는 재희 형이 갑자기 꿈이 뭐냐고 묻자, 희채는 급소를 맞은 것처럼 한동안 숨도 쉴 수 없었다.

사실 희채는 그림 그리기를 좋아했고, 엄마도 희채한테 화가가 되라고 하였다. 그러나 할머니는 그림 그리는 희채를 보기만 하면 잔소리 폭탄을 쏟아냈다.

"그런 쓰잘데기없는 짓 그만하고, 그럴 시간에 다른 공부해라! 그래서 과학고 가야 아재네 형처럼 의사도 될 수 있고……."

할머니는 과학고만 들어가면 먹고사는 걱정은 없다고 하면서, 근처에 과학고를 나온 다른 사람들 이야기까지 줄줄줄 풀어놓았다.

그런 할머니의 잔소리를 듣다 보면 더 이상 그림 그릴 엄두가 나지 않았다. 게다가 학년이 올라갈 때마다 그림에 대한 자신감도 떨어졌고, 그림을 그릴 때마다 엄마가 떠오르는 것도 싫었다.

희채가 얼른 대답하지 못하자 재희 형은 더욱 진지한 눈빛을 보였다.

"그럼 공부는 어느 정도 하냐?"

희채는 반발심이 욱 치밀어 오르는 것을 겨우 참아냈다. 아무런 상관도 없는 사람이 그런 걸 꼬치꼬치 캐묻자 몹시 불쾌했다.

"난 셰프가 꿈이다. 우리 부모님은 나한테 공부 잘해서 좋은 대학가길 바랬지만 어쩔 것이냐. 아무리 해도 안 되는 것을. 난 중학교 때까지 공부에 대한 스트레스 엄청 받았다. 우리 부

모님이 하도 쪼아대자, 내가 죽어버리겠다고……. 그래서 학교
도 때려친 거야. 내가 셰프 되겠다고 했더니, 그게 얼마나 힘든
건지 알게 하려고 날 이런 시골로 보낸 거라. 근데 난 좋아. 여
기서 오리탕 만들고, 오리백숙 만들고 하는 게. 나 조만간 서울
로 갈지도 몰라. 아는 분이 호텔에서 일하는데 오라고 해서 말
이야. 너 〈은하철도 999〉라는 만화영화 알지? 거기에 이런 말
이 나와. 젊다는 것은 꿈을 이룰 수 있는 시간이 많다는 거야,
하고. 나도 그렇게 생각해. 그러니, 짜샤 야동 그만 보고 열심히
공부해라. 난, 내 꿈을 찾아가는 중이다. 그래서 내 친구 놈들
대학가서 취업한다고 눈알 튀어나오도록 공부할 때 난 식당 사
장이 되어 있을 것이다!"

　재희 형은 커피를 꼴깍꼴깍 마시면서 제법 길게 이야기를
늘어놓았는데, 신기하게도 그가 내뱉는 자잘한 숨소리까지도
희채는 놓치지 않고 있었다. 그만큼 그의 말은 설득력이 있었
다. 놀라운 일이었다.

　다음날 아침, 희채는 눈을 뜨자마자 얼굴을 찌푸리며 할머니
부터 찾았다. 왼쪽 어금니가 아팠다. 어금니 뿌리에 가시가 박
혀서 콕콕 찌르는 듯했다.

　할머니는 약간 굽은 손으로 희채의 어금니 쪽을 더듬어 보
았다.

"사랑니구먼! 어쩌면 네 아빠랑 똑같이 나냐? 네 아빠도 이 맘때쯤 사랑니가 나서 아프다고 했는데…… 참, 핏줄은 못 속이는구나. 그나저나 아파도 참아야지 별수가 없다. 아직은 잇몸 속에 박혀 있어서 병원에 가도 별수 없을 거다."

어디론가 나갔다가 돌아온 할머니 손에는 느릅나무 껍질이 들려 있었다. 할머니는 느릅나무 껍질을 몇 가닥으로 둘둘 말아서 실로 묶은 다음 희채한테 주었다.

"못 참겠으면 이것을 어금니로 꼭 깨물고 있어라. 그러면 좀 괜찮을 것이다."

희채는 할머니가 준 느릅나무 껍질을 꼭 깨물어도 이앓이를 달랠 수는 없었다. 얼마나 아프던지, 희채는 방 안을 애벌레처럼 떼굴떼굴 굴러다녔다. 잠시도 가만히 앉아 있을 수가 없었다.

희채는 무작정 밖으로 뛰쳐나가서 돌아다녔다. 샘강 길로 끝도 없이 걸어 다녔다. 그러다 보면 어느새 이앓이가 싹 사라졌다. 그래서 이제 괜찮아졌나 보다 하고 집으로 돌아오면 다시 이앓이가 시작되었다. 그러니 잠시도 집에서 앉아 있지 못했다.

저녁밥을 먹고 영어 공부를 하려고 앉자 다시 이가 심통을 부렸다. 희채는 오만상을 찌푸리며 샘강 길로 나갔다. 그리고 순간적으로 자전거가 있었으면 좋겠다고 생각했다가, 지난겨울에 아빠가 선물로 주고 간 두 발 전동 휠이 떠올랐다.

"내가 왜 이 생각을 못 했을까!"

희채는 전동 휠을 마당에서만 몇 번 탔을 뿐, 그걸 타고 샘강 길을 달릴 생각은 전혀 하지 못했다.

희채는 집으로 가서 전동 휠을 끄집어냈다. 손잡이가 있는 것이라 초보자도 안정감이 있었고, 희채 생각보다는 빠르고 스릴도 있었다. 희채는 어지간히 찬바람에 시달려서 온몸의 세포들이 추워서 견딜 수 없다고 아우성칠 즈음 천천히 마을 쪽으로 방향을 돌렸다.

희채는 집에다 전동 휠을 놓고는 곧바로 태희한테 갔다. 2층 태희의 방문을 열고 들어가자마자

"오 마이 갓! 희채 넌 양반 되기는 틀렸다. 그렇지 않아도 네 이야기 하고 있었다, 이 자식아."

하고는 재희 형이 희채의 뒤통수를 손바닥으로 후려쳤다. 머리가 떵하고 그 울림이 잇몸으로 전달되어 "아야!" 하고 비명을 질렀다. 하마터면 방바닥에 굴러다닐 뻔했다.

희채는 오만상을 찌푸리며 재희 형을 쳐다보고는, 사랑니가 났으니까 제발 뒤통수를 때리지 말라고 하소연했다.

재희 형은 두꺼운 입술을 헤벌리며 어처구니없다는 표정을 지었다.

"오 마이 갓! 코딱지만 한 놈이 벌써 사랑니가 나냐? 이 형님

도 아직 안 났는데. 아무튼 미안하다. 그나저나 희채야, 너 내 조수 좀 해야겠다."

재희 형이 희채를 보면서 부드럽게 웃었다.

희채는 한 손으로 턱을 감싸 쥐면서 간신히 되물었다.

"형, 조수라니…… 무슨 소리야?"

"갑자기 무슨 개지랄인지 모르겠다만……. 샘내동으로 들어온 외지인들 모임이 무슨 번영횐가 그러는데, 그 사람들이 토박이들에게 보름날 지신밟기 놀이를 한 번 하자고 한 모양이다. 뭐 풍물 치고 이 집 저 집 다니면서 노는 거지 뭐. 알지? 지신밟기!"

희채는 고개를 끄덕이면서, 그렇다면 풍물은 누가 치냐고 물었고, 그것이 자기들하고 무슨 상관이냐고 연달아 물었다.

"풍물은 번영회 사람들이 알아서 한단다. 뭐 자기들 중에서 풍물 치는 사람들이 있어서 그럭저럭 구색을 맞출 수 있나 보더라. 근데 기왕 할 거면 제대로 구색을 맞추자고 니네 아재가 말을 한 모양이다. 그래서 풍물패들 앞에서 춤도 추고 사람들도 웃기고 하는 배우들이 필요한 모양이다. 원래 풍물패 앞에는 그런 사람들이 있는 거야. 곱사춤도 추고, 소고춤도 추고, 신랑 각시 연기도 하고, 포수 분장을 한 사람이 맨 앞에서 길잡이를 하고……. 암튼 그랬더니, 그 번영회 사람들도 좋다고 했대. 근데 포수 역할을 할 사람이 없다고 그것을 나한테 하라고 하니 할 수 없이 하겠다고 했다만, 나 혼자는 못하고 조수를 한 사람 쓰겠다고 했는데, 그것이 바로 희채, 너다! 얼굴에다 시커멓게 분장을 하면 넌 잘 어울릴 거야!"

희채는 시커멓게 분장을 한다는 말을 듣는 순간 얼굴을 찌푸렸다. 다시 이가 심통을 부리기 시작했다. 그 말이 사랑니를 자극한 모양이다. 하도 아파서 싫다는 내색도 하지 못했다. 입만 벌리면 비명 소리가 튀어나오려고 했다.

결국 희채는 그렇게 하겠다고 고개를 끄덕이고는 태희네 집을 빠져 나왔다. 그리고 대문 앞에다 오줌을 싸면서도 새삼 재희 형 앞에서 꼼짝 못하게 한 사랑니라는 놈이 미웠다. 망치로 후려치고 싶을 정도로 얄미웠다. 희채는 자기랑 한몸에서 살아가는 놈이 왜 남의 편을 들면서 심술부리는지 알 수 없었다.

아무튼 희채는 밤새 끙끙대면서 이리저리 떼굴떼굴 굴러다니다가 새벽녘에서야 간신히 잠에 들었다.

그 다음날도 이가 아팠다. 마을 번영회 사람들이 풍물패 연습을 해야 한다고 불러도 희채는 아픈 핑계를 대면서 나가지 않았다.

할머니는 사랑니가 나는 것은, 이제 어른이 되어 간다는 신호라고 했다. 그래서 사랑니가 날 때는 아프다고 했으며, 그 아픔을 참고 이겨내야만 어른이 될 수 있다고 덧붙였다.

할머니 말을 들은 뒤로는 아무리 아파도 소리치지 않았고 이리저리 떼굴떼굴 굴러다니지 않으려고 했다. 참아야 한다고 마음을 먹자 사랑니란 놈도 희채의 마음을 알았는지 더 이상 심술부리지 않았다.

그 다음날부터 희채는 막대기에다 끈을 묶어 만든 나무총을 어깨에 걸치고 풍물패에 끼어서 연습에 참여할 수 있었다. 처음으로 얼굴을 대하는 외지인들이 풍물패를 주도했다. 생각보다 그들은 가락이 잘 맞았다. 토박이들 중에서는 포수 역할을 맡은 희채랑 신랑 신부 역할을 맡은 희채네 아래 아랫집 할아버지 할머니, 그리고 아재가 곱사춤을 맡았다.

풍물 연습은 샘내 2리에 있는 '샘강 펜션'이라는 외지인의 집에서 하였다.

그 집 마당으로 들어서면 품종을 알 수 없는 하얀 개가 꼬리를 흔들면서 반겼다. 아무에게나 꼬리를 흔드는 것이 녀석의 천성이었고, 당연히 '순둥이'라는 이름이 딱 맞았다. 아무래도 펜션에 오는 많은 사람들을 접하다 보니 그렇게 성격이 둥글둥글해진 모양이었다.

희채는 걸핏하면 화를 내면서 짖어대는 쫑보다 펜션 집 순둥이가 더 정이 갔다. 그래서 그 집에만 가면 순둥이랑 놀아주었다. 그런 희채를 보고 재희 형은 침을 찍 뱉었다.

"오 마이 갓! 희채 저 자식은 꼭 개새끼를 지 애인이랑 스킨

십하듯이 하네!"

풍물 연습을 할 때마다 외지인들이 주축인 번영회 사람들이 국수도 삶아오고, 짜장면이나 피자까지 시켜서 희채는 항상 배가 든든했다. 아재의 익살스러운 곱사춤은 단연 최고의 인기였다. 희채네 아래 아랫집 할아버지 할머니는 예쁘게 분장까지 하고는 신랑 신부처럼 행동하였고, 그것 또한 사람들의 눈길을 끌었다.

희채는 풍물패 맨 앞에서 포수 흉내를 내며 걸어갔다. 희채의 뒤에는 대포수 역할을 하는 재희 형이 따랐고, 그 뒤에는 신랑과 각시 분장을 한 사람들, 그리고 소고와 장구를 든 사람들까지 줄을 이었다.

희채는 풍물 연습이 갈무리되고 집으로 돌아와서 거울을 볼 때마다 쓰디쓴 약을 씹어 먹은 기분이 되었다. 까맣게 분장된 얼굴을 보니 너무 못생겼다는 생각이 들었고, 그래서 몇 번이나 재희 형한테

"형, 나 그거 안 할래. 그냥 태희랑 해!"

하고 카톡을 보냈다가 욕만 바가지로 얻어먹었다. 마을에 그런 역할을 할 수 있는 아이라고는 희채랑 태희밖에 없는데, 태희는 얼굴에다 까만 분장만 하면 알레르기 반응이 일어나니 어쩔 수 없다고. 희채는 틀림없이 태희가 거짓말을 하고 있다고 생각했다.

"듣다듣다, 그런 알레르기가 있다는 소리는 첨 듣네!"

아무리 그렇게 쏘아 대도 소용없었다.

드디어 대보름날이었다. 풍물패는 샘강 펜션에 모였다. 사람들의 호응은 예상 밖이었다.

대부분이 나이든 할아버지 할머니들인 토박이들은 그때까지도 시큰둥했지만 훨씬 젊은 사람들이 많은 외지인들은 적극적으로 나섰다. 오랜만에 이런 행사를 한다고 지역 신문사에서도 나와서 촬영을 하였고, 펜션에 온 손님들까지 가세하여 구경꾼들이 수백 명을 넘었다. 곳곳에다 불을 피우고 오뎅 끓이는 냄새가 진동했다.

그러자 토박이들도 조금씩 마음의 문을 열었고, 몇몇 할아버지 할머니들은 소고를 들고 풍물패에 끼어서 덩실덩실 어깨춤으로 흥을 돋워주었다.

희채는 기분이 몽롱했다. 그때까지는 몰랐는데 맨 앞에 선다는 것 자체가 엄청난 사람들의 눈빛을 받는다는 사실을 알았고, 엉거주춤 나무총을 메고 걸어가는 희채한테 다가와서 많은 사람들이 사진을 찍자 차라리 얼굴을 알아볼 수 없도록 분장한 것이 다행이라고 생각했다.

희채는 낯선 집 앞에서

"복 가지고 왔어요. 문 여세요!"

하고 소리쳤고, 그때마다 재희 형은 목소리가 작다고 타박을 주었다.

"희채야, 더 크게 소리 질러라. 네 소리가 하도 작아서 하나
도 안 들린다!"

집에 들어가기 전에 포수가 먼저 크게 소리쳐서 주인을 불
러내든가 대문을 열어야 하는데, 희채는 낯선 집에 들어갈 때
마다 망설일 수밖에 없었다. 포수는 낯가림이 없고 대담하고
말주변이 좋은 사람이 해야 한다. 그런 측면에서 보면 희채는
포수 노릇이 어울리지 않았다.

재희 형은 대포수 노릇을 거의 하지 않았다. 얼굴에는 검은
분장을 한 점도 칠하지 않았고 틈만 나면 휴대폰을 끄집어내서
사진만 찍으려고 했다. 그러니 포수 노릇은 몽땅 희채의 몫이
었다. 어쨌든 그럭저럭 포수 노릇을 하면서 집들을 돌았다.

이제 샘내 2리에서는 한 집만 남았다. 펜션촌 맨 끝에 있는
작은 목조주택이었다.

희채가 그 집으로 들어가려고 할 즈음, 우악스럽게 큰 개 한
마리가 짖어 댔다. 아주머니가 아오자이 차림으로 나와서 개를
물리치고는 풍물패를 반겼다. 희채는 대뜸 유리네 집이라는 것
을 알았다.

풍물대가 뒤란을 돌고 나자 마당으로 음식이 나왔다. 김이
모락모락 나는 쌀국수였다. 희채는 쌀국수를 들고 나오던 유리
하고 마주쳤다.

"너, 포수 노릇 끝내 주게 잘하더라. 나중에 연극배우 하면 되겠어. 진짜야, 너무 멋져. 이리 와서 쌀국수 먹어."

희채가 엉거주춤 엉덩이를 빼자 유리가 덥석 손을 잡아끌었다. 순간 "으으!" 하고 터져 나오는 신음소리를 간신히 깨물었다.

다시 사랑니가 몽니 부리기 시작했다. 유리의 손이 희채의 손에 닿는 순간, 얌전하게 있던 사랑니가 다시 심통을 부렸던 것이다. 사랑니는 희채를 잡아서 마구 흔드는 것처럼 무섭게 골을 냈다. 희채는 저도 모르게 손으로 볼을 감싸 쥐며 폴딱 뛰었다. 유리가 그런 희채를 보고 볼 풍선을 부풀리면서 웃다가 말했다.

"너 진짜 연기 잘한다. 꼭 캥거루처럼 뛰네."

유리는 변해 있었다. 긴 머리 대신 짧은 커트 머리였다.

희채는 처음으로 유리의 얼굴을 똑바로 바라보았다. 웃을 때마다 오른쪽 잇몸에서 덧니가 드러났다. 가슴이 뛰었다.

유리는 다시 쌀국수가 담긴 예쁜 그릇을 내밀었다. 희채는 쌀국수를 별로 좋아하지 않지만 짜장면을 먹듯이 입 안으로 몰아넣었다. 알맞게 따뜻한 국물이 골난 사랑니를 달래주었는지 어느새 이앓이는 사라졌다. 희채를 가만히 보고 있던 유리는 웃으면서,

"너도 쌀국수를 좋아하는구나. 이거 다 우리 엄마가 집에서 직접 한 거야. 자, 한 그릇 더 먹어. 자, 이쪽으로 와."

하고 테라스에 놓여 있는 파라솔 쪽으로 끌고 나갔다.

놀랍게도 그곳에는 재희 형이랑 태희를 비롯하여 몇몇 아이들이 모여 있었다. 그들도 유리가 준 쌀국수를 경쟁하듯이 먹고 있었다. 희채는 유리가 자기한테만 쌀국수를 준 게 아니라는 사실을 알고 다소 실망했지만, 이렇게 가까운 거리에서 그녀를 볼 수 있다는 사실만으로 만족했다.

"이봐, 아오자이 아가씨. 나 한 그릇만 더 줘."

유리는 그런 호칭에 대해서 전혀 개의치 않는 눈빛이었다.

"오빠, 쌀국수를 엄청 좋아하나 봐요? 벌써 세 그릇쩬데."

유리가 빈 그릇을 받아들고 그렇게 말하는 순간 여기저기서 웃음이 터져 나왔다. 그리고 유리가 다시 쌀국수 그릇을 내밀었을 때였다. 재희 형이 갑자기

"오 마이 갓, 개새끼 한번 간 떨어지게 크네!"

하고는 뒤로 주춤주춤 물러섰다.

누군가 셰퍼드라고 말한 개가 유리 뒤에서 따라 나왔다. 재희 형은 점점 얼굴이 빨개지면서

"오 마이 갓! 저리 가, 저리 가. 왜 나한테만 오고 지랄이냐. 오 마이 갓! 저리 가란 말야!"

하고 주춤주춤 뒷걸음질 쳤다. 유리도 당황해서 재희 형을 따라갔다.

"오빠, 우리 개는 순해서 안 무는데. 그냥 가만히 있어요. 그

러면 안 물어요!"

그럴수록 재희 형은 더욱 겁먹은 표정으로 뒷걸음질 쳤다.

반장인 한울이도
유리를 좋아했다

그로부터 며칠 뒤, 희채는 태희를 만나자마자 키득키득 웃었다.

"태희야, 재희 형은 개를 무서워하더라."

태희는 남 이야기하듯이 대꾸했다.

"맞아. 그 형은 진짜 개를 싫어해. 형이 그러더라. 어렸을 때 개한테 살짝 물린 적이 있었는데, 온몸에 두드러기가 났다고 하더라. 병원에 가니까, 뭐 개털 알레르기라는 병이라고, 개 냄새나 개털만 만져도 온몸에 두드러기가 나는 병이래."

"뭐, 그런 병이 다 있어?"

희채는 개털 알레르기라는 희한한 병명을 처음 들었고, 재희 형의 치명적인 약점을 알았다는 듯이 히히히 웃었다. 그때부터 희채는 쫑을 볼 때마다 재희 형을 떠올렸다.

서울 간다던 재희 형은 버들강아지들이 복슬복슬 부풀어 올라도 떠날 기미를 보이지 않았다.

희채는 학교에서 돌아오면 늘 전동 휠을 타고 샘강 길을 달렸다. 가끔씩 재희 형이 나타나서

"야야, 나도 한 번 타보자!"

하고 거의 강제로 전동 휠을 뺏어 타기도 했다.

"오 마이 갓! 난 오토바이 사려고 했는데, 이것도 괜찮네! 아쉬운 것은 속도가 2킬로미터 이상 안 난다는 것이다. 속도만 더 많이 나면 좋을 텐데."

그때마다 희채는 약간 볼멘소리로 서울에 언제 가냐고 물었다. 그러면 재희 형은

"아직, 그 호텔에서 연락이 안 왔어!"

하고 누런 이를 드러내며 웃었다. 희채는 재희 형이 더욱 눈엣가시처럼 걸렸다.

재희 형은 전동 휠을 타고 유리네 집을 빙글빙글 돌다가 돌아오기도 했다. 그때마다 희채는 전동 휠을 던져버리고 싶었으나 막상 그것을 타기만 하면 그런 생각이 사라졌다. 희채도 전동 휠을 타고 달릴 때마다 유리가 떠올랐으나 그녀의 집 근처로 갈 용기가 나지 않았다.

희채가 다닐 중학교는 수리산 뒤쪽에 있는 신도시에 있었고, 운동장에는 파란 인조 잔디가 깔려 있었다. 공사 중인 강당이 아직 완공되지 않아서 입학식은 그 인조 잔디 위에서 하였다. 그날따라 비바람이 몰아쳤다. 한겨울로 돌아간 느낌이었다.

희채는 발을 동동 구르면서 입학식을 버티어냈다. 입학식이 끝나자마자 여기저기 꽃다발을 들고 온 가족들이 무리 지어 기념사진을 찍었다.

희채를 축하해주는 사람은 아무도 없었다. 새로운 시작을 축하받는 친구들이 부러웠고, 그때마다 희채의 마음은 더욱 추웠다. 불현듯 엄마가 떠올랐다. 만약 엄마가 있었다면 이런 자리가 쓸쓸하지 않았을 텐데. 희채는 휴대전화를 끄집어내서 들여다보았다. 엄마나 아빠 그 누구한테도 축하한다는 메시지가 오지 않았다.

희채는 고개를 떨어뜨린 채 운동장을 벗어나다가

"희채야!"

하는 소리를 들었다. 놀랍게도 아재가 빠른 걸음으로 다가오고 있었다. 아재의 손에는 꽃다발이 들려 있었다. 아재가 오리라고는 전혀 예상하지 못했다.

아재는 희채한테 꽃다발을 건네주고는

"이놈아! 그렇게 꾸부정하게 걷지 말고, 이제 중학생도 되었으니까 딱 어깨 펴고 힘 있게 좀 걸어 다녀라. 저기 할머니도 오셨으니까, 같이 사진이나 찍자."

그러면서 희채의 어깨를 툭툭 쳐주었다.

할머니 옷차림은 아재네 블루베리 농장에서 일하던 그 복장 그대로였다. 또한 희채를 보고 특별히 웃지도 않았고, 축하한 다거나 특별히 어떻게 하라는 식의 말 한마디 거들지 않았다.

아재가 먼저 휴대폰을 끄집어내서 희채랑 할머니를 나란히 서게 한 다음 사진을 찍었다. 희채는 사진을 찍으면서도 자신의 몸이 빳빳하게 굳어 있음을 알았다. 솔직히 사진을 찍기 싫었다. 엄마 아빠도 없는 사진이 무슨 의미가 있을지 판단할 수가 없었다. 그리고 자꾸만 주변에 있는 다른 신입생들의 숱한 엄마들만 곁눈질하게 되었다.

어떤 아주머니가 다가와서 아재까지 포함하여 할머니랑 희채를 찍어주었다. 참으로 묘하게도 아재랑 같이 사진을 찍자 할머니랑 단둘이서 찍을 때보다는 마음이 편해졌다. 아재가 희채의 손을 꼭 잡아주었다. 아재의 손은 봄볕이 하루 종일 스며든 작은 돌멩이 같았다.

희채네 반장 한울이는 참 잘생겼다. 당연히 여자들은 한울이만 보면 웅성거리면서, 저런 남자를 한 번 사귀어 보았으면 하는 선망의 눈초리를 감추지 않았다.

봄날이 짙어갈 즈음 남학생 중에서는 한울이, 여학생 중에서

는 유리가 단연 돋보였다. 둘은 자타가 인정하는 1학년 얼짱이
었다.

미세먼지주의보가 내려진 4월 마지막 금요일.

희채는 마스크를 썼다가 귀찮아서 벗어던진 채 전동 휠을
타고 운동장으로 나갔다. 아침에는 태희 엄마가 차로 태워다
주기 때문에 큰 문제가 없었지만 학교가 끝난 뒤에는 학원에
갔다가 돌아가야 하는데 교통편이 너무 불편했다. 그래서 희채
는 학교에 갈 때 전동 휠을 들고 태희 엄마의 차를 탔으며, 돌
아올 때는 그걸 타고 신나게 돌아왔다. 복도에는 아이들이 들
어갈 수 있을 정도로 커다란 개인 사물함이 있어서 수업 시간
에는 그 안에다 전동 휠을 보관할 수가 있었다. 그래서 전동 휠
을 타고 다니는 아이들이 제법 있었다.

한울이 역시 전동 휠을 타고 희채한테 다가왔다. 한울이는
꽃바구니를 들고 있었다. 희채가 멍하니 서 있자 한울이는 등
에 멘 가방에서 초콜릿 하나를 끄집어내서 주었다. 희채는 말
이 통하지 않는 외국인을 만난 것처럼 머뭇거렸다.

한울이가 씩 웃으며 희채 어깨를 툭 쳤다.

"희채야, 괜찮으니까 받아. 그리고 내 부탁 하나 들어주라."

"무슨?"

"응, 어려운 것 아냐. 잠깐 꽃 배달 서비스 한 번 해주면 돼."

"꽃 배달 서비스?"

희채는 여전히 멍한 표정을 짓고 있었다.

한울이가 꽃바구니를 희채 앞으로 밀어 넣었다. 희채가 알 수 없는 화려하고 예쁜 꽃들이 수놓아진 꽃바구니였다.

"너, 유리 알지? 이 꽃바구니를 유리한테 전해줘. 내일이 유리 생일이거든. 꽃 배달 신청을 해도 되지만 그것보다는 이게 더 나을 것 같아서. 사실 나 걔한테 몇 번이나 까였거든. 그래서 직접 만나서 줄 수는 없고……. 헤헤헤, 알았지? 유리도 시간이 조금 더 지나고 나면 내가 괜찮은 놈이라는 것을 알 거야. 자, 잘 부탁한다."

한울이는 희채의 대답도 듣지 않고 싱긋 웃으며 돌아섰다.

희채는 멍하던 머릿속이 갑자기 확 깨지는 느낌이었다.

오늘도 샘강 길에는 수많은 사람들이 자전거나 전동 휠을 타고 다녔다.

희채는 아무 생각 없이 전동 휠을 타고 가다가 샘강 모래톱이 보이자 그쪽으로 내려갔다. 언젠가 유리가 앉아서 알 수 없는 베트남 노래를 부르던 곳이었다.

희채는 들고 있는 꽃바구니를 다시 내려다보았다. 그제야 '유리야, 생일 축하해'라는 글씨가 적힌 리본이 보였고, 꽃 사이에 끼워져 있는 카드도 눈에 들어왔다.

희채는 자신이 너무도 초라했다. 자신이 한울이의 연애편지나 전해주는 신세가 되었다는 사실이 슬펐지만, 그보다 더 비참

하게 한 것은 한울이라면 유리하고 잘 어울릴 것이라는 예감 때문이었다. 누가 보아도 그렇다고 고개를 끄덕일 것이다. 그런데 한울이가 유리한테 몇 번 까였다는 말이 떠오르자, 희채는 저도 모르게 고개를 살랑살랑 흔들고야 말았다. 어쩌면 한울이가 너무나도 완벽할 정도로 잘생겼기 때문에 유리가 거절을 했을지도 모른다. 하지만 한울이 말처럼 시간이 조금만 흐르면, 아니 이 꽃바구니랑 편지를 받기만 하면 마음이 달라질 것이다.

　그렇게 몇 차례 까였으면서 다시 용기를 낸 한울이가 한없이 부러웠다. 더구나 한울이는 유리의 생일까지 알아냈다. 희채는 마음속으로만 유리를 좋아하고 있을 뿐, 그녀에게 다가갈 수 있는 방법을 단 한 번도 고민해본 적이 없었다. 한울이와 희채는 똑같이 유리를 좋아하고 있었으나 그런 점이 달랐다. 희채는 좋아하는 감정을 드러내지 못하는 자기 자신이 미웠고, 어쩌면 유리를 좋아할 자격도 없다고 중얼거렸다. 그러자 머리가 아프고 혼란스러웠다. 희채는 무릎 사이에다 머리를 처박고
　"몰라, 몰라아!"
하고 소리쳤다. 희채는 저도 모르게 편지를 박박 찢었다. 꽃바구니에 있는 꽃들도 하나씩 뽑아서 강물에다 던져버렸다.
　"싫어, 다 싫어!"
희채는 벌떡 일어섰다. 찢어진 편지와 꽃들이 강물에 둥둥 떠다녔다. 겁이 더럭 났다. 희채는 저도 모르게 강물 속으로 뛰

어들었다. 찬 물살이 가시가 되어 온몸을 찔렀다. 희채는 천천히 헤엄을 치면서 둥둥 떠다니는 꽃들을 건져냈다.

물이란 참 이상하게도, 처음에는 차갑지만 막상 몸을 담그고 나면 그때부터는 오히려 따뜻해진다.

희채는 물에 누워서 하늘을 보았다. 가을 하늘만큼이나 맑은 하늘 저편으로 저녁놀이 붉은 댕기처럼 흔들리고 있었다. 유리의 얼굴이 떠올랐다.

보고 싶다. 마당가 꽃밭에서 향기를 뿜는 꽃처럼 편안하게 말하고 싶다. 그러면서 웃고 싶다. 살랑살랑 꽃을 흔드는 바람이 되어 다가가고 싶다.

아직 여자를 좋아한다는 것이 어떤 감정인지 정확히 몰라도, 지금 이 순간만큼은 한 여자를 위해서 죽을 수도 있겠다는 생각이 든다. 좋아하는 사람을 위해서 목숨을 바치는 그저 그런 소설이나 영화 속 이야기를, 희채는 감히 이해할 수 있다고 중얼거리고 있었다.

그날 밤, 희채의 머리는 약단지처럼 펄펄 끓었다.

할머니는 희채가 감기에 걸렸다며 비상약으로 둔 감기약을 내밀었다.

희채는 할머니가 주는 약을 먹으면서도 속으로 고개를 가로저었다. 스스로 자신의 병을 잘 알고 있었기 때문이다. 희채는 잠을 자지 못했고, 다음날, 그 다음날도 학교에 가지 못했다.

희채는 학교가 없어져버리면 좋겠다고 빈 공책에다 얼마나 낙서를 했는지 모른다. 그도 아니면 우주인이라도 나타나서 유리랑 한울이를 동시에 납치해서 사라져버리면 좋겠다고. 잊고 싶다. 오르지 못할 나무는 쳐다보지 말라고 했던가! 유리는 오르지 못할 나무였다.

더듬어보니 경쟁자들이 너무 많았다. 여자들 마음을 훤히 꿰뚫고 있는 재희 형, 샘나도록 잘생긴 한울이, 그리고 아직 드러나지 않은 수많은 경쟁자들!

아, 자신 없다. 희채는 그들을 이겨내고 유리의 남자 친구가 될 자신이 없었다. 암컷을 차지하려고 목숨을 걸고 싸우는 수탉들처럼 그들과 싸워 이길 용기라고는 일 원어치도 없었다.

희채는 닷새간이나 학교에 가지 않았다.

한바탕 성질 사나운 소나기가 퍼붓고 간 어느 날이었다. 한울이가 불쑥 희채네 마당으로 전동 휠을 타고 들어섰다. 한울이는 몸이 많이 아프냐고 진심으로 희채를 걱정하는 척하더니 목소리를 낮추면서 그 꽃바구니에 대해 물었다. 희채는 순간 숨이 칵 막혔다. 희채는 왼손으로 가슴을 감싸며,

"하, 한울아, 꽃바구니는 유리한테 직접 주지는 못했어. 유리네 집에 갔는데 아무도 없어서, 걔네 집 테라스에다 올려놓고

왔는데⋯⋯."

하고 간신히 둘러댔다. 한울이는 희채네 마당을 한 바퀴 돌고 오더니 고개를 갸우뚱했다.

"그럼 확실하게 받았을 텐데⋯⋯. 내가 유리랑 친한 다른 여자 애를 통해서 알아보니까, 그런 것 받은 사실이 없다고 하더래. 진짜 걔가 그걸 받아 놓고도 생까는 건가? 그만큼 날 싫어한다는 건가? 통 알 수가 없네!"

희채는 더 이상 뭐라 언급하지 않았다.

그런 일이 있은 뒤로 희채는 더 이상 유리를 그리워하면서 가슴앓이를 하지 않기로 했다. 공책과 크로키 북에다 그려 놓았던 유리의 그림들도 다 찢어서 불에 태웠고, 친구들 입에서 유리라는 말이 나오면 슬그머니 피해버렸고, 가끔씩 학교에서 유리를 보면 얼른 고개를 돌려버렸다.

희채는 정말 유리를 머릿속에서 지우려고 애를 썼다. 가끔씩 재희 형이 유리에 대해서 물어보면

"형, 내가 개 비서라도 돼? 왜 나한테 물어보고 그래!"

하고 짜증을 내며 눈에 보이는 돌멩이를 힘껏 걷어찼다.

재희 형은 아무리 유리의 이름을 말해줘도 한사코 '아오자이 아가씨'라고 불렀다. 그때마다 희채는 비 오는 날 버스 안에서 맡았던 이상한 냄새가 생각나면서 비위가 상했다.

온 동네 매미들이 모여서 단합대회라도 하는지 귀청 터지도

록 떠들어대던 날, 참 다행스럽게도 재희 형이 마을을 떠났다. 희채는 후련했다. 유리도 거의 보이지 않았다.

희채는 한동안 편안했다. 태희네 식당에서 수많은 영계들이 죽어간 복날도 지나가고, 찬맛 든 가을바람이 살랑살랑 풀잎을 비벼댈 즈음부터는 더 이상 유리의 꿈을 꾸지도 않았다. 희채는 저만의 사랑을 소중한 추억으로 간직하기로 했다. 먼 훗날 누군가를 또 사랑하게 되었을 때, 유리를 좋아했던 한때의 감정이 좋은 밑거름이 되기를 바랐다. 그렇게 일기장에다 정리하고 나니까, 마음이 잔잔해졌다.

그즈음 희채는 주민자치센터에서 나온 사람이랑 아재한테 생각지도 않았던 부탁을 받았다.

"어, 네가 희채구나! 네가 그림을 잘 그린다면서? 샘내동 샘강 길이 워낙 유명해져서, 시에서 마을을 예쁘게 꾸미기로 했단다. 그래서……."

"희채야."

아재가 말했다.

"할머니가 나만 보면 맨날 네가 그림만 그린다고 하던데……. 이분 말을 듣고 보니, 희채 네가 가장 먼저 떠올랐다. 언젠가 네 아빠도 나한테 '우리 아들이 그림 하나는 잘 그려요, 형님!' 하고 말했다는 생각도 났고. 뭐 어려운 건 아닌 것 같아서. 게다가 그림을 그릴 만한 담장이나 대문도 몇 개 남아 있지 않거든. 이건 네 맘대로 그림을 그리면 돼. 꽃이나 동물을 그려도 되고, 농기구를 그려도 되고……. 외지에서 사는 미대생들을 불러다 그리는 것보다 이 마을에서 사는 학생이, 조금 서툴게 그리는 것이 훨씬 나을 것 같아서 부탁하는 거니까, 꼭 해라. 알바비는 넉넉하게 준단다."

샘내동 골목에 남아 있는 옛 시멘트 벽이나 대문에다 그림을 그리는 일이었다. 희채는 이미 그림을 그리지 않겠다고 마음을 먹은 상태라 별로 하고 싶지 않았으나 아재까지 와서 부탁하니까 거절할 수도 없었다. 희채는 태희랑 같이 하는 조건이라면 하겠다고 하였다. 주민자치센터에서 나온 사람은 그 말을 기다렸다는 듯이

"당연히 조수가 필요하겠지!"

하고 껄껄껄 웃었다. 태희는 그 말을 듣자마자 환호성을 질렀고, 인터넷을 뒤져 마을벽화가 있는 곳을 다 찾아서 그 샘플을 희채한테 보여주었다.

희채는 꽃이나 새, 소, 개 같은 그림을 그렸다. 샘강 길을 지나가던 사람들이 샘내동 옛 마을까지 들어와서 종일 골목은 북적거렸다. 마을 사람들 반응도 예상보다 좋았다. 오직 할머니만 기뻐하지 않았고, 열심히 공부해서 과학고에 가야 한다는 말만 되풀이했다. 희채도 기다렸다는 듯이 그림 그릴 생각은 없으니 안심하라고 말해주었다.

어느 날 유리가
희채네 집에 나타나더니

다시금 겨울을 몰고 왔던 매서운 바람이 질퍽질퍽 땅을 녹이던 봄바람에 쫓겨 가고, 희채는 중학교 2학년으로 올라간 뒤에도 유리를 잊고 있었다.

문제는 그놈의 학교 축제였다. 축제의 하이라이트를 장식하기 위해서 운동장에다 꾸며 놓은 무대에 오른 여성 3인조 보컬을 보는 순간, 희채는 가슴속에다 가까스로 묶어 놓았던 그리움의 뭉치가 한꺼번에 터져버렸다.

세 명의 여학생이 나타나자 전교생이 일어나서 환호성을 질렀다.

사회자는 그녀들을 '탁소리'라고 소개했다.

"탁민지의 탁, 박소연의 소, 오유리의 리가 합쳐져서 탁소리가 되었는데, 얼마나 탁소리를 내는지 들어보기로 하겠습니다!"

사회자의 소개가 끝나자마자 요란하게 음악이 울려 퍼졌다. 학생들은 저도 모르게 몸을 흔들고 박수를 치면서

"땡!"

"땡! 땡!"

그렇게 추임새를 넣듯이 소리치고 있었다. 방탄소년단의 〈땡〉이라는 노래였다. 맨 먼저 탁민지가 무대 앞쪽으로 치고 나오면서

"일팔 일삼 삼팔!"

하고 소리치자 관객들이

"땡!"

하고 소리쳤다.

"U wrong me right 잘 봐!"

"땡!"

"학교 종 울려라 brr brr!"

"땡!"

"이번 생은 글렀어 넌!"

"땡!"

무대에서 노래하는 세 사람과 관객들이 한타령으로 움직이고 있었다. 어느 정도 분위기를 띄운 탁민지가 물러나자 곧바

로 박소연이 치고 나왔고, 박소연이 뒤로 물러나자 셋 중 가장 키가 큰 오유리가 나왔다. 오유리는 천방지축 날뛰면서 노래를 하였고, 가끔은 엇박자가 나기도 했다. 그런데도 관객들은 기가 막히게 박자를 맞춰주면서

"땡! 땡!"

하고 소리쳤다. 학생들은 진짜 방탄소년단을 본 것처럼, 아니 그 이상으로 열광했다.

그렇게 거친 폭풍우 같은 선율이 휩쓸고 가자 갑자기 운동장은 텅 빈 것처럼 조용해졌다. 세 명의 여학생이 기타를 들고 나왔다. 기타 소리가 울려 퍼지자 대부분의 학생들은 눈을 감고 몸을 흔들었다.

방탄소년단의 〈봄날〉이라는 노래였다. 이 노래는 완벽하게 유리의 허스키한 목소리가 지배하였다. 탁민지랑 박소연은 자신들의 목소리를 최대한 낮춘 채 유리의 목소리가 돋보이게 하였다.

"보고 싶다, 이렇게 말하니까 더 보고 싶다. 너희 사진을 보고 있어도 보고 싶다. 너무 야속한 시간, 나는 우리가 밉다. 이젠 얼굴 한 번 보는 것조차⋯⋯."

유리는 몇 번 박자를 놓치기도 했고, 가사를 까먹었는지 약간 더듬기도 했다. 하지만 아무런 문제가 되지 않았다. 관객들은 유리의 약간 허스키한 중저음의 목소리에 푹 빠져 있었다.

"보고 싶다, 이렇게 말하니까 더 보고 싶다……."

일부 선생님들도 그 노래를 따라 부르고 있었다.

희채는 유리의 목소리를 차마 다 가슴에다 담을 수 없었다. 그랬다가는 당장 터져버릴 것만 같았다. 그래서 희채는 귀를 막았는데, 그러면 그럴수록 그녀의 목소리는 또렷해졌다.

그날부터 희채는 다시 유리를 꿈꾸기 시작했다. 물론 희채가 감당할 수 없을 만큼 열병을 심하게 앓지는 않았다. 이제는 그냥 혼자만, 철저하게 혼자만 바라보고 좋아해도 행복할 수 있었다. 충분히 그럴 수 있었다. 유리가 남학생들에게 우상이 되어 가면 갈수록 희채는 뒷걸음질 쳤고, 그저 유리를 멀리서 바라볼 수 있다는 그 사실만으로도 행복했다. 더 이상 다가간다면 너무도 설익었던 희채의 가슴이 터져버렸을지도 모른다.

그로부터 한 달이 흐른 어느 날 느닷없이 마당으로 들어오는 유리를 보고, 희채는 한동안 입을 헤벌리고 있었다. 열린 거실 문틈으로 얼굴을 내민 쫑이 그악스럽게 짖어대도 말릴 생각을 전혀 하지 못했다. 그만큼 희채는 정신이 없었다.

희채는 마당가 꽃밭에서 물을 주고 있었다. 할머니가 시키지 않아도 유일하게 하는 것이 있다면 바로 꽃밭에다 물 주기였다. 이상한 일이다. 아무리 더운 날에도 꽃밭에다 물을 줄 때만큼은 힘들지 않았고, 물을 먹고 예쁘게 꽃을 피우는 꽃들을 보

면 기분이 좋아졌다. 그래서 희채는 할머니의 잔소리가 심해질 때마다

"나 꽃밭에 물 줘야 해."

하고는 마당으로 도망쳤으며, 그렇게 물을 주다 보면 할머니의 잔소리도 잊을 수 있었다. 희채네 꽃밭에는 마을에서 가장 꽃이 많았다. 꽃들은 바람을 품 얻어서 철마다 다른 향기를 날려 보냈고, 온갖 나비들이 희채네 집으로 소풍 왔다.

"야, 희채야! 왜 사람을 보고도 그렇게 멍하니 서 있냐?"

유리의 목소리를 듣고서야 희채는 간신히 정신을 차릴 수 있었다. 유리의 뒤에는 또 다른 여학생이 있었다. 그녀 역시 같은 학년이었으나 희채는 이름을 알지 못했다.

그녀는 자기 이름이 '음새'라고 소개했다. 키는 작지만 눈이 맑은 아이였다. 음새는 계속 짖어대는 쫑을 보고는 손짓하면서 달랬고, 그걸 본 희채는 제법이라고 다시 쳐다보았다. 할머니 외에는 아무하고도 친해지지 않았던 쫑의 태도가 못마땅하기도 했지만 개를 달래는 그녀의 수완만큼은 인정하지 않을 수 없었다. 음새가 쫑을 달래자 마당은 조용해졌다. 꽃밭을 둘러보던 유리가

"야, 마당이 참 예쁘다. 이렇게 예쁜 마당은 처음 봐."

하면서 희채를 올려다보았다. 희채는 고개를 돌렸다. 이미 얼굴은 확 달아올랐고, 너무 뜨거워서 어지러울 정도였다.

유리가 휴대폰으로 꽃을 찍기 시작했고, 음새도 덩달아 그 옆에 앉아서 꽃을 찍었다. 가끔씩 나비들이 그녀들 옆으로 날아왔다.

꽃밭에는 희채가 심은 봉숭아, 참나리, 채송화, 붓꽃, 백일홍, 맨드라미들이 살고 있었다.

"난 꽃 좋아하는 남자를 좋아하는데……."

음새의 말에 희채는 얼굴이 더욱 달아올랐다.

음새가 희채 앞으로 다가왔다.

"야, 너희 집 찾느라고 힘들었어. 너한테 전화도 몇 번이나 했는데 안 받고……. 학교 앞에서 맛있는 것 같이 먹으려고 했는데……. 암튼, 담에 먹기로 하고, 부탁이 있어서 왔어."

희채는 그 말을 듣자마자 물뿌리개를 땅에 놓고는

"무슨 부탁인데?"

하고 긴장했다. 이번에는 유리가 나섰다.

"기말고사 끝나자마자 우리 학교 시청각실에서 연극 공연을 해."

"너희들이?"

그러면서 희채는 유리를 보고는

'넌 노래도 잘하는데, 연극도 하니?'

하는 말이 담긴 눈빛을 보냈다. 유리는 헤헤헤 웃었다.

"사실 난 노래보다 이게 더 좋아. 너 우리 학교 연극 동아리

있는 거 몰라? '푸른 당나귀'라고 신입회원 모집한다고 지난달까지 교문 앞에서도 홍보하고 했는데……."

희채가 얼른 반응을 하지 않자 유리가 다시 말을 이어갔다.

"사실 작년에는 시청각실이 완공되지 않아서 그냥 교실을 빌려서 간단하게 공연했는데, 이번에는 시청각실이 완공되어서 거기서 할 거야. 이번에 올리는 연극이 다문화가정 이야기라서 선생님들도 관심을 갖고 그래서 부담스럽지만 그래도 열심히 해볼 생각이야."

희채는 잘됐다고 일부러 크게 말을 했다.

다시 유리가 희채를 쳐다보았다.

"근데 연극이라는 것이 무대가 중요하잖아? 연극에 맞게 무대를 꾸미고 만들어야 하는데, 실은 그것도 연극하는 사람들 못지않게 중요해. 초대장도 만들어야 하고……. 그래서 널 떠올린 거야. 아까 우리 오다가 봤어. 네가 그린 마을벽화들……."

희채는 얼른 대답하지 못했다.

그녀들은 대답 못하는 희채를 보고 겸손한 아이라고 생각한 모양이었다.

"그래서 우릴 좀 도와달라고……. 초대장에 들어갈 그림이랑 무대를 꾸밀 때 필요한 그림들……. 어떤 그림이 필요할지는 우리랑 같이 고민해서 그리면 되고."

희채는 이 마당에서 도망치고 싶었다. 이미 머릿속은 먹통이 되어버렸다. 희채가 말을 하지 못하자 음새가 덧붙였다.

"너한테 알바비는 못 줘도 맛있는 것은 책임질게! 중학교 졸업할 때까지 쭉, 배고플 때마다 나랑 유리를 부를 수 있는 특별 티켓을 줄게. 어때, 해줄 거지?"

희채는 안 된다고 마음속으로 맹렬하게 소리쳤지만 그 소리는 한마디도 입 밖으로 나오지 않았다. 그녀들이 사라지고 나서야 희채는 땅바닥에 털썩 주저앉았고, 바보 같이 말 한마디 제대로 하지 못하는 자기 자신이 미워서 견딜 수가 없었다.

희채는 자기 자신을 알 수 없었다. 눈만 떴다 하면 유리랑 음새의 얼굴이 떠오르면서 가슴이 답답해졌지만, 그러면서도 틈만 나면 책이나 공책의 여백에다 다문화가정 아이들을 스케치하고 있었기 때문이다.

희채네 반에도 다문화가정 아이들이 몇 명 있었고, 희채네 마을에도 나이 어린 다문화가정 아이들이 있었다. 그러니 눈만 돌리면 다문화가정 아이들은 쉽게 찾을 수 있었다.

희채는 기말고사를 며칠 앞두고 그림을 한 장 그렸다. 맨 처음 수리산 숲속에서 본 유리를 떠올리면서 그렸지만 실제 그려진 그림은 진달래 아오자이를 입은 소년 같았다. 그 그림을 찍어서 조심스럽게 유리하고 음새한테 보냈다. 둘은 마치 같은 곳에서 그 그림을 본 것처럼

-오, 짱이다!

-대박!

하고 카톡이 왔다.

-이 중성적인 소녀는 뭐냐?

-진짜 짱이다! 이제 걱정할 게 없네!

둘은 그 아이를 소년이 아니라 소녀라고 말했고, 그래서 희채는 더욱 좋았다.

특히 음새가 열광적으로 그 그림을 좋아했다. 음새는 그 그림을 자신의 휴대폰 이미지 사진으로 깔겠다고 하였고, 하루에도 몇 번씩 수다스럽게 이야기를 걸어왔다. 희채는 여자들의 수다스러움이 당황스러우면서도 좋았고, 마치 강물에다 발을 담그면 끝없이 밀려왔다가 밀려가는 물결 같다고 생각을 하였다.

음새 엄마도 베트남에서 시집을 왔다. 음새 아빠와 엄마의 나이 차이는 21살이었다. 약간 다리가 불편한 음새 아빠는 서울에서 유명한 대학을 나왔는데, 장애인이라 제대로 취업을 하지 못하고 방황하다가 고향으로 내려와서 늦게 국제결혼을 했다.

음새 엄마는 베트남의 가난한 농부의 딸로 태어났다. 아빠가 오토바이 사고로 움직일 수 없게 되자 다섯 명이나 되는 동생들은 학교도 다닐 수 없었고 집안이 힘들어졌다. 그래서 음새 엄마가 한국 사람이랑 국제결혼을 하게 된 것이다. 한국으로 시집을 가게 되면 신랑 측에서 제법 많은 결혼지참금을 주게 된다고 해서 그런 선택을 했다.

"그렇게 돈 때문에 아빠를 만났지만 지금은 행복해 해. 우리 아빠가 진짜 잘해주시거든. 우리 외할아버지도 그곳 병원에서 치료받게 해서 지금은 많이 좋아졌어."

음새는 그런 자신의 속엣말을 솔직하게 털어놓았다. 음새의 인스타그램을 보면 가족들이랑 같이 사진 찍은 것도 많이 올라와 있었다. 음새는 그렇게 자신이 다문화가정의 아이라는 것을 당당하게 드러냈다. 그래서 희채는 음새의 마음을 더욱 쉽게 알 수 있었다. 상대의 마음을 알아간다는 것은 그만큼 더 쉽게 가까워질 수 있다는 뜻이다. 희채도 음새가 편했다.

그런데 음새를 생각하다 보면 은연중에 유리가 떠올랐다. 유리는 음새에 비해서 속엣말을 하지 않았고, 그만큼 늘 어려웠다. 유리는 페이스북이나 인스타그램도 하지 않았고, 간신히 카톡만 하는 정도였다. 그렇게 유리는 또래들하고 다른 점이 많았다.

기말고사가 끝나자 희채는 연극 동아리인 '푸른 당나귀' 아이들이랑 날마다 만났다. 유리는 연극 대본을 직접 쓰고 연출을 하였고, 음새는 주연 배우였다. 배우들이 연기 연습을 할 때마다 유리는 팔짱을 끼고 가만히 들여다보다가 가끔씩 아쉬운 점을 이야기했다. 그럴 때 앞으로 달려드는 시청각실의 불빛 때문에 그녀의 뒷모습은 유독 어둡게 느껴졌다.

묘하게도 유리는 환한 불빛을 받으면서 앞모습을 드러낼 때는 중학생으로 보였지만, 그렇게 뒷모습을 드러내기만 하면 어른으로 보였다. 그러니까 앞모습보다 뒷모습이 더 성숙해 보이는 사람이었다. 희채는 은근히 유리의 성숙함이 불편했다.

그에 비하면 음새는 아무리 옆에 같이 있어도 가슴을 두근거리게 하지 않았다. 그렇다고 희채가 음새를 싫어하는 것도 아니었다. 굳이 그 차이를 말하자면 음새하고는 단둘이 시청각실에 있어도 아무렇지 않지만 유리하고 단둘이 있게 되면, 그녀의 숨소리까지도 은연중에 느껴진다는 것이었다. 그래서 희채는 늘 음새를 끌어들여서 같이 있으려고 했다. 그러다가 집에 갈 때가 되면 다시 유리가 의식되었다.

희채가 전동 휠을 타고 나서면, 유리는 그것이 사라질 때까지 제자리에서 가만히 바라보기만 했다. 희채는 그런 순간이 너무 힘들어서 더욱 빠른 속도로 달아났다.

태풍 때문에 종일 비바람이 몰아치던 날 저녁이었다. 할머니 생신이라고 해서 마을 사람들이 태희네 식당으로 모였다. 희채는 케이크를 들고 들어가다가 주방에서 나오는 재희 형을 보고는 얼마나 놀랐는지 모른다.

"오 마이 갓! 희채야, 형을 봤으면 인사해야지, 왜 귀신 본 것처럼 쳐다보냐?"

재희 형의 말을 듣고서야 희채는 어떻게 된 일이냐고 물었다. 재희 형은 마을 어른들에게 넉살 좋게 인사를 하고는

"희채야, 난 일식하고는 체질이 맞지 않나봐. 일식은 못하겠더라. 게다가 주방장 성질이 존나 더러워서…… 킥킥…… 셰프가 되려면 이런 착오는 많을 것이다. 암튼 다시 봐서 반갑다!"

하고 거칠게 끌어안았다. 아무리 희채가 밀어내려고 해도 그 힘을 당해낼 수 없었다. 희채는 재희 형 몸에서 풍기는 모든 냄새가 싫었다.

그렇게 다시 나타난 재희 형은 희채를 더욱 불안하게 했다. 며칠 뒤에 재희 형은 아주 좋은 오토바이를 샀다고 자랑했다. 그러고는 샘강 길에서 전동 휠을 타는 희채를 가로막고서

"야, 그 아오자이 아가씨 학교 잘 다니냐? 요새 너랑 친하게 지낸다며? 태희가 그러더라!"

하고 능글능글한 눈빛으로 쳐다보았다. 희채는 재희 형이 폼나게 타고 다니는 오토바이를 원망스럽게 쳐다보았다.

"그 아가씨 엄마가 베트남 사람이니까, 그 아가씨도 오토바이 좋아할 거야. 히히히, 이 정도 노력은 해줘야지. 베트남 사람들에게는 오토바이가 국민적인 교통수단이잖아. 베트남에서는

똥개도 오토바이를 탈 줄 알아야 해. 초딩 중딩 할 것 없이 다 오토바이를 타고 다닌대. 난 그런 나라가 나름 독특하고 멋있더라. 누구나 맘만 먹으면 항상 어디론가 갈 수가 있잖아?"

재희 형이 그런 말을 하자 희채는 저도 모르게 고개를 떨궜다. 유리도 저 오토바이를 본다면 어서 타고 싶을 것이다. 희채는 처음으로 자기가 타고 다니는 전동 휠이 초라했다.

희채는 집에 오자마자 휴대폰으로 베트남을 검색했다. 수많은 사진들을 검색했는데, 진짜 믿을 수 없을 만큼 많은 오토바이의 행렬이 보였다. 그렇게 많은 오토바이들이 자동차랑 섞여서 물결처럼 흘러 다닌다는 사실이 믿어지지 않았다. 여자들이 오토바이를 몰고 다니는 것은 흔한 풍경이었다.

그곳에 가보고 싶었다. 희채는 처음으로 어딘가 가보고 싶다는 충동을 느꼈다.

마당에 나와 있던 쫑이 희채한테 어서 꽃밭에 물을 주라고 잔소리하듯이 짖어댔다. 쫑은 등에 자주 피부병이 생겼다. 수의사는 햇볕을 자주 받지 않아서 생기는 병이라고 했다. 그래서 할머니는 희채가 일찍 오기만 하면 마당에다 쫑을 풀어놓고 일광욕을 시키라고 하였다. 희채는 귀찮아도 어쩔 수 없었다.

희채는 쫄랑쫄랑 따라다니는 쫑을 쳐다보면서 꽃밭에다 물을 주다가 오토바이 소리를 들었다. 태희네 벽돌담은 희채의 키보다 낮아서 그냥 서 있기만 해도 그쪽 마당에서 움직이는 사람을 쉽게 볼 수 있었다.

　재희 형이 오토바이에다 어떤 여학생을, 아니 유리를 태워서 들어오고 있었다. 옆으로 앉아서 탄 유리는 마구 재희 형의 등을 흔들고 있었다.

　"오빠, 어서 내려줘, 어서요! 버스 정류장에서 내려준다고 해 놓고는, 왜 안 내려주고 여기까지 오는 거예요!"

　"오 마이 갓! 어, 내가 다시 태워다 주면 되지. 가만있어! 떨어진다고! 아니 지금까지 잘 오다가 왜 갑자기 물 밖에 나온 붕어처럼 파닥거리고……. 오 마이 갓! 어어, 어어어!"

　유리가 하도 몸부림을 치자 오토바이는 술 취한 사람처럼 비틀비틀했다. 그래도 용케 쓰러지지 않고 마당 가운데까지 왔다.

　"오빠! 버스 정류장까지만 태워준다고 했잖아요? 왜 약속을 안 지켜요!"

　유리는 더욱 크게 소리 지르고 있었다.

　희채는 순간적으로 쫑을 곁눈질하였다. 얼른 가방에서 과자를 끄집어냈다. 쫑은 아이들처럼 과자라면 사족을 못 쓴다. 희채는 태희네 벽돌담 밑으로 나 있는 개구멍을 잘 알고 있었다. 원래는 하수구였지만 개나 고양이들은 자신들의 출입구로 이용하고 있었다. 희채는 그곳으로 쫑을 밀어 넣고는

　"물어라, 쫑!"

하고 크래커 과자를 태희네 마당으로 날렸다. 그중 몇 개는 바로 눈앞에 떨어졌고, 또 몇 개는 원반처럼 제법 멀리 날아갔다.

재희 형은 갑자기 맹렬하게 달려오는 쫑을 보더니

"오 마이 갓, 아이고 간 떨어지겠네! 아이고, 저놈의 개새끼가 어디서……."

하면서 뒤로 발랑 넘어지고야 말았다.

유리는 배꼽이 다 보일 정도로 깔깔깔 웃어댔다.

"오 마이 갓! 오빠, 저렇게 작은 개가 뭐가 무섭다고……. 오빠 진짜 개를 무서워하는군요! 그때 대보름날 우리 집에서 개를 보고 무서워하는 것 같았는데……."

유리는 그 말을 남기고는 마당을 이리저리 두리번거리면서 서두르지 않고 걸어 나갔다. 그때까지 재희 형은 마당에서 크래커를 우적우적 씹어 먹는 쫑을 보다가,

"오 마이 갓! 저런 싸가지 없는 개새끼 때문에 내 청춘사업이 부도나게 생겼네. 내 청춘사업이 실패하게 생겼어. 어 아오자이 아가씨, 잠깐만…… 유리야, 잠깐만!"

그러면서 일어서려다가 쫑이 꼬리치면서 다가가자,

"오 마이 갓! 저리 가, 이 개새끼야……."

하고는 주춤주춤 앉은걸음으로 물러나면서 손으로 바닥을 쳤다.

희채는 웃음소리가 새어나가지 않게 손으로 입을 틀어막았다. 그날 밤 희채는 할머니한테 처음으로

"쫑이 볼수록 귀여운 것 같아요!"

하고 마음에 없는 소리를 하였다.

음새가 희채한테
좋아한다고 고백을 했는데

기말고사가 끝나자 희채는 본격적으로 그림을 그렸다. 무대를 꾸미는 그림을 그리는 것은 그리 쉬운 일이 아니었다. 게다가 자기 맘대로 그릴 수도 없었다. 연극하는 아이들이랑 토론을 한 다음에 그릴 것을 결정해야 했다. 그래도 그림에 푹 빠져들 때는 아무런 생각이 들지 않아서 좋았다. 신기한 일이었다. 초등학교 때만 해도 그림을 그리면 엄마 생각이 많이 났는데, 지금은 아무렇지도 않았으니 말이다. 또 한번은 얼마나 집중해서 그림을 그렸는지

"와아, 진짜 좋아! 이 남자 주인공 표정이 살아 있어."

그렇게 옆에서 감탄사를 뱉어내고 있는 유리를 의식하지 못했다. 멀리서 유리의 뒷모습만 봐도 긴장하는 희채는 자신이

그럴 수 있다는 사실이 믿어지지 않았다. 무엇인가에 집중한다는 것은, 깊숙하게 뿌리를 내리고 있는 나무처럼 제대로 중심이 잡혀 있다는 뜻이었다.

연극 동아리인 '푸른 당나귀'가 올린 연극은 무사히 끝났다. 유리가 총연출을 했다. 베트남에서 시집온 엄마를 둔 남학생이 왕따를 당하는데, 그 아이를 좋아하는 여학생이 나서서 다른 친구들하고 갈등을 풀어간다는 비교적 뻔한 내용이었다.

다만 여학생 역할을 맡은 음새의 연기가 워낙 뛰어나서 울림이 있었다. 그 연극을 본 사람들 거의 대부분이 음새에게 박수를 보냈지만 희채는 조용히 뒤에서 웃는 유리의 다른 모습을 보았다.

유리는 알아갈수록 사람의 마음을 점점 더 깊숙하게 끌어들이는 마법을 가지고 있었다. 맨 처음에는 유리의 외모에 반했고, 그 다음에는 허스키한 노래에 반했고, 그 다음에는 보이지 않는 곳에서 다른 친구들을 돋보이게 하는 그녀의 진정한 능력이 희채를 사로잡았다.

연극이 끝나고 무대미술을 담당한 희채도 소개가 되었다. 그때는 음새가 직접 마이크를 잡고 소소한 일까지 다 소개했다. 희채는 그런 음새의 자상함이 고마웠다.

연극은 인근 학교 아이들 요청으로 세 번이나 공연했다.

모든 일정이 끝나고 '푸른 당나귀' 아이들이랑 피자 파티를 하고 돌아오던 날 음새가 만나자고 했다. 둘은 번화한 신도시 카페에서 만났다. 음새가 아이스크림을 주문했다. 음새는 기회가 되면 계속 연극을 하고 싶다고 웃었다. 그런 모습이 참 예뻤다. 음새는 첫눈에 상대를 반하게 하는 힘은 약해도 시간이 지나면서 상대를 끌리게 하는 은근한 매력이 있었다.

음새가 아이스크림을 몇 번 퍼먹고 나서 약간 턱을 낮추고 희채를 보더니

"있잖아, 희채야. 나 너 좋아해."

하고 말하자 얼마나 당황했는지 모른다. 희채는 확 얼굴이 달아오르면서

"고, 고마워. 근데 모르겠어. 네가 싫은 거는 아니지만 잘 모르겠어."

그렇게 얼버무릴 때에도 음새는 희채한테 눈을 떼지 않았다. 한참 후에서야 음새는 약간 희미해진 웃음을 보였다.

"그건 네가 날 좋아하지 않는 거야. 역시 내 생각이 맞구나. 넌 유리 좋아하지?"

"엉! 그게……."

희채는 얼른 대답하지 못했다.

"알아, 그런 거야. 난 너만 보면 기분이 좋아져. 너희 집 마당에 있는 꽃을 보는 것처럼. 그래도 솔직하게 표현해줘서 고마워."

음새의 눈빛이 허공의 어딘가로 날아갔다.

"어? 그게⋯⋯."

희채는 그 자리에 앉아 있을 수가 없었다.

그 뒤로 음새는 더 이상 카톡을 보내지도 않았고, 학원에서 마주치면 억지로 웃음을 보내왔지만 그 웃음은 이상하게도 부담스러웠다.

한번은 태희가 희채를 보고 히히히 웃었다.

"너 음새랑 자주 보지? 너 음새 좋아해? 아니라고? 그럼 나 소개해줘!"

막상 태희가 그렇게 말하자 이상하게도 기분이 좋지 않았다. 음새를 소개해주고 싶지 않았다.

"내가 음새를 좋아하는 건가?"

희채는 자기 자신을 알 수 없었다.

희채는 수학학원에서 어디선가 얽혀버린 수학문제를 끝내 풀어내지 못하고 끙끙거리다가 돌아오고 있었다. 아이스크림을 빨면서 횡단보도에 멈췄는데 누군가 뒤에서 "희채야!" 하고 부르는 소리가 들렸다. 유리였다. 유리가 손을 흔들면서 뛰어왔다. 순간 희채는 엉거주춤 손을 흔들면서 중심을 잃었고, 하마터면 넘어질 뻔했다.

"야, 너는 도대체 귀를 막고 다니냐? 아까부터 불렀는데……."

유리가 숨을 급하게 몰아쉬면서 말하자, 희채는 급하게 남은 아이스크림을 빨아먹다가 사레들려서 켁켁거렸다.

희채는 연극이 끝난 뒤로는 유리를 만나지 못했다. 가끔씩 시내 학원 근처 카페나 떡볶이집에서 한울이랑 앉아 있는 것을 보았고, 그럴 때마다 한울이가 얼마나 부러웠는지 모른다. 그때마다 엉뚱하게도 음새가 떠올랐다.

아무리 생각해봐도 음새는 좋은 아이였다. 귀여운 얼굴이었다. 착한 아이였다. 가깝게 지내고 싶은 아이였다. 그런데도 유리한테 갖고 있는 그런 감정이 솟아나지는 않았다.

희채는 그런 생각이 떠올라 저도 모르게 몇 번 고개를 흔들고는 간신히 유리를 곁눈질했다.

희채는 근처를 두리번거리다가 피자집이랑 카페를 발견했고, 순간적으로 그런 곳에 가서 이야기나 하자고 말하고 싶었는데 엉뚱한 말이 튀어나왔다.

"너 아까 학원 앞에서 한울이가 찾는 것 같던데……."

그리고는 마음속으로 바보 같은 놈이라고 얼마나 자기 자신을 비웃었는지 모른다.

그 말을 들은 유리는 순간 멈칫하면서 눈길을 다른 곳으로 돌렸다가

"아, 한울이하고는 통화했어."

중얼거리듯이 그렇게 말하고는 희채가 한 발을 얹고 있는 전동 휠을 보았다.

"야, 나도 그것 한 번 타보자!"

유리는 희채의 입에서 말이 떨어지기도 전에 전동 휠 손잡이를 잡았다.

"나도 이거나 사서 타고 다닐까? 맨날 차타고 다니는 것도 재미없고, 재희 오빠처럼 오토바이를 생각했는데…… 사실 난 초딩 때부터 오토바이를 타고 싶었어. 만약 우리나라가 베트남처럼 오토바이가 대중교통이었다면 벌써 탔을 거야. 내가 그런 말을 하면 우리 엄마는 자전거 사줄까 했는데, 이상하게도 자전거는 또 별로야. 근데 이것도 괜찮을 것 같아. 와, 생각보다 빠르다!"

전동 휠이 순간적으로 속력을 내자 유리가 휘청하면서 가로수를 들이받았다. 희채는 깜짝 놀라서 달려갔는데 유리는 괜찮다면서 씩씩하게 일어났다. 희채가 헬멧을 벗어주면서 사용법을 알려주었다. 유리는 고개를 끄덕끄덕하였고, 조금 전보다는 훨씬 더 여유 있게 탔다.

"와아, 이것 스릴 짱이다!"

근처 아파트 단지를 빠르게 돌고 온 유리는 마치 새로운 세상이라도 발견한 듯한 표정이었다. 유리가 기뻐하니까 희채도 기뻤다. 유리는 30분이 넘도록 타고 다니다가 희채 앞으로 오

더니

"가자! 오늘은 차 안 타고 너랑 이것 타고 갈래."

하고 말하자 희채는 낯가림이 심한 아이처럼 눈빛을 피하면서 당황하고 있었다. 그러다가 간신히 이것은 1인용이라고 말했다. 유리는 다시금 맞바람을 받으면서 10여 미터를 돌고 오더니

"내가 검색해보니까, 이것은 120킬로그램 정도의 사람도 탈 수 있다고 하던데. 근데 우리 둘이 합쳐봤자 100킬로그램이나 될까? 난 41킬로그램인데, 너도 깡말라서 50킬로그램 겨우 나갈 것 같은데……. 그러니까 괜찮아. 한번 같이 타보자. 뭐 오토바이처럼 빨리 가는 것도 아닌데 넘어져봤자지."

그렇게 말하는데 희채는 이상하게도 할 말이 없었다. 희채는 유리보다 한 뼘 정도 컸고 몸무게는 50킬로그램도 되지 않았다. 그러니까 둘이 합쳐봤자 90킬로그램 정도였으니까 무게는 문제가 아니었고, 1인용이다 보니 두 사람의 발을 디딜 만한 발판의 공간이 부족했다. 유리도 그것을 알고는 먼저 두 발을 전동 휠 발판에다 올린 다음 희채한테 자기 발을 밟고 서라고 했다. 희채가 계속 망설이자, 괜찮다고 하면서 다시 다그쳤다.

희채는 유리의 운동화 사이로 발을 모로 세우면서 타려고 했으나 금세 몸의 하중을 이기지 못하고 유리의 하얀 운동화를

밟아야만 했다. 그리고 번번이 중심을 잃고 넘어질 뻔했다. 그런데도 유리는 뭐가 그리 재밌는지 깔깔깔 웃어댔고, 희채 역시 그 웃음에 중독되다 보니 그렇게 둘이 타려고 하는 시도 자체가 재미있었다.

그렇게 몇 번이나 진동 휠을 같이 타려고 시도했고, 몇 번이나 땅바닥에 뒹굴기도 했다. 그러다가 희채는 유리가 자신의 허리를 꼭 잡고 있다는 것을 알았고, 그만 숨이 칵 막혀버렸다. 희채는 저도 모르게

"어!"

하고 소리 냈다. 가슴속에는 수백 수천 마리의 메뚜기들이 뛰는 것 같았고, 아, 그대로 터져버릴 것만 같았다. 그러면서도 한편으로는 묘한 기분이 들었다.

유리의 몸에서 알싸한 향기가 풍겼다. 달달한 아이스크림 냄새 같기도 했고, 꽃향기가 나는 것 같기도 했다. 아무튼 그런 향기는 은근히 희채의 마음을 달뜨게 하였다. 마치 희채의 몸 안에서 단물이 샘솟는 작은 옹달샘 하나가 새로 생긴 느낌이었다.

희채는 처음으로 할머니 아닌 다른 여자의 향기를 맡고 있는 셈이었다. 그런데 유리는 아무렇지도 않은 듯이 소리 질렀다.

"야아, 넘어진다고 안 죽어! 그러니까 좀 더 과감하게 몰아 봐!"

그 말을 듣고 희채는 좀 더 빠르게 유리의 발등을 딛고 전동

휠에다 몸을 실었다. 하지만 전동 휠은 10여 미터 달려가다가 중심을 잃고 넘어지고야 말았다. 그런데도 유리는 깔깔대면서 재밌다고 소리쳤다.

"에이, 아쉽지만 둘이 타기는 쉽지 않구나!"

"발판만 넓으면 가능할 텐데!"

그때부터 둘은 그냥 나란히 걸었다.

신도시를 지나 공사판으로 변해버린 수리산 산허리를 돌아가자 유리가 아무런 말도 하지 않았다. 수리산은 이미 거의 꼭대기까지 깎여 각종 크고 작은 건물들이 경쟁적으로 들어서고 있었고, 그래서 희채도 일부러 산을 쳐다보지 않으려고 했다. 그나마 다행인 것은 산허리를 끼고 샘강이 흐른다는 사실이다. 만약 샘강이 없었다면 날마다 전동 휠을 타고 다닐 엄두도 내지 못했을 것이다. 샘강을 보고 나서야 유리는 낮게 입을 열었다.

"저렇게 산이 개발되는 줄 알았다면, 여기로 이사 오지 않았을 거야."

유리는 이제 수리산은 가지 않는다고 했다. 그건 희채도 마찬가지였다. 그런데도 태양은 상처투성이가 된 수리산 꼭대기에 앉아서 지친 몸을 달래고 있었다.

신도시를 벗어날 무렵 강가에 작은 공원이 나왔다. 희채랑 유리는 공원으로 가서 강물이 한눈에 내려다보이는 정자에 앉았다. 멀리서 바라다보는 강물이 오히려 더욱 커 보였고, 노을

이 그 물속으로 스며들고 있었다.

"여긴 정말 환상적이다!"

유리가 하얀 덧니를 드러내며 환하게 웃어주었다.

"노을은 참 이상하게도 물하고 친한 것 같애. 하늘에서 흐를 때도 예쁘지만 물속으로 흐를 때가 더 예쁘지 않니? 저것 봐. 꼭 다른 세상 같잖아!"

"어, 그래⋯⋯."

희채는 멍하니 있다가 고개를 끄덕였다.

엄마처럼 손으로 꾹꾹 눌러쓴
유리의 편지를 보고

그날 유리한테 카톡이 와 있었다.

- 희채야, 오늘 진짜 좋았어. 전동 휠 타다가 많이 넘어졌지만 가슴이 뻥 뚫리는 것 같았어. 사실 요새 엄마랑 사이가 안 좋아서 잠도 못 자고 공부 도 안 되고…….
- 아 참, 난 카톡이 편한데 넌?
- 일단 엄마랑 소통해야 하니까 카톡을 늘 쓰거든. 인스타나 페북은 이상하 게도 불편해. 그런 사람들이랑 소통하다 보면 비밀을 가져서는 안 될 것 같아서.
- 암튼, 괜찮지?

희채는 무엇이든 괜찮다고 답장을 보냈다. 유리하고 카톡을 주고받으면서도 꼭 꿈만 같았다. 아무리 발에다 힘을 주어도 몸이 허공에 떠 있는 것처럼 느껴졌다.

희채는 그날 밤 유리가 전동 휠을 타고 달리는 장면을 크로키했다. 내리 강 위를 달리는 장면도 있었고, 구름 위를 달리는 장면도 있었다.

그로부터 사흘이 지났다. 학원을 마치고 나오니까 유리의 머리카락만큼이나 가늘고 고운 안개비가 내렸다. 예고가 된 것이 아니라서 희채는 당황스러웠다. 비가 내린다는 것을 알았으면 비옷을 준비했을 것이다. 희채는 버스를 탈까 잠깐 고민하다가

"에라, 모르겠다!"

하고는 전동 휠을 타고 달렸다.

신도시 아파트 숲을 빠져 나왔는데도 인근에서 가장 높은 수리산은 안개에 푹 빠져버려 보이지 않았고, 차들은 비상등을 켜고서야 겨우겨우 움직일 수 있었다.

희채는 그 속에서 마음껏 노래를 불렀다. 유리가 좋아하는 노래는 거의 다 쏟아냈다. 그러다가 샘강 길로 접어들었는데, 갑자기 그 안개 속에서 유리가 "희채야!" 하고 소리치면서 달려나왔다. 마치 다른 세계에서 공간이동을 해오는 것 같았다. 놀랍게도 유리는 손잡이가 없는 두 발 전동 휠을 타고 있었다.

"야아, 신난다! 너도 비 좋아할 줄 알았어!"

"유리야, 너도 산 거야?"

"당근이쥐. 그날 집에 가서 당장! 엄마가 조금 반대하기는 했지만 어쨌든 허락하셨어. 대신 헬멧을 꼭 쓰고, 차도로는 달리지 않는다는 조건을 달았지만, 헤헤헤……. 암튼, 진짜 환상적이다! 저 안개 봐라!"

유리가 희채의 어깨를 툭 치면서 앞장섰다.

희채도 전동 휠의 속도를 냈다. 한참을 달리다 보니 아무런 생각이 나지 않았다. 안개 속에서는 다른 사람들의 눈치를 볼 필요가 없었다. 그곳은 그들만의 세상이었다. 희채는 날마다 세상이 안개로 덮여 있으면 좋겠다고 소리쳤다.

언제부턴지 유리는 노래를 부르고 있었다.

"니우 키 안 몸 득 못런 노이 라 떳 까 타이쁘, 웅오이 랑 임 웅에 엠 께 뷔 안 따 방 도이 막 랍 란, 도이 룩 엠 짠 안 막 꾸어 안, 뷔 웅 느 룩 나오 엠 꿍 히우 터우 롱 안……."

유리의 목소리는 아득한 꿈속에서 들리는 것 같았다.

"아하, 이 노래구나! 언젠가 네가 샘강 모래톱에 앉아서 부르는 걸 들은 것 같아. 이거 베트남 노래 맞지?"

유리는 희채의 말을 듣고도 대답하지 않았고, 속도를 늦추더니 몸짓까지 하면서 계속 노래를 불렀다. 그러더니 순간적으로 한국말로 바꿔서 불렀다.

"가끔은 내 진심을 고백하고 싶은 나, 언제나 내 맘 알면서, 내 얘기를 피하는 너였나 봐. 말도 없이, 또 슬픔을 참게 하네……."

희채가 노랫말이 좋다는 말을 하려고 하자, 다시금 유리가 베트남말로 노래를 하였다.

"비 사오 안 콤 테 갑 득 엠 섬 헌, 비 사오 안 콤 테 갑 득 엠 섬 헌……."

유리는 전동 휠에서 내려 걷다가 거의 혼잣말에 가깝게 말했다.

"이 노래는 우리 엄마랑 내가 좋아하는 곡으로 〈phia sau mot co gai〉라는 노랜데 '한 여자 뒤에서'라는 뜻이야. 첫사랑에 대한 노래지. 베트남에서 젊은 여자들에게 거의 최고 인기 있는 곡이래. 엄마랑 같이 이 노래를 하면 정말 좋아. 왜냐면, 엄마가 베트남말로 하면 내가 한국말로 하고, 내가 한국말로 하면 엄마가 베트남말로 하거든. 그러다가 느낀 건데, 노래라는 것은 어떤 언어로 불러도 다 잘 어울린다는 사실을. 그래서 요즘 베트남어 공부를 많이 하고 있어. 사실 난 엄마 나라의 언어에 대해서 큰 관심이 없었어. 근데 이 노래를 부르면서 알게 된 거야. 내가 엄마 나라의 언어를 좋아한다는 것을……."

"유리야, 진짜 듣기 좋아. 나도 세계 여러 나라의 말로 노래를 불러봤으면 좋겠어. 그래서 수학은 별로 하고 싶지 않지만 외국어는 좀 잘하고 싶어. 참, 유리야. 넌 가수가 꿈이지? 축제 때 네가 부른 〈봄날〉이라는 노래, 진짜 감동적이었어.”

희채는 저도 모르게 불쑥 그렇게 물었고, 그 말을 들은 유리는 한동안 대답이 없었다. 희채는 괜한 질문을 했구나 하고는 얼마나 자책했는지 모른다.

둘은 강물처럼 안개 속으로 흘러 다녔다. 그 시간이 영원한 것 같았다. 희채는 이 안개가 영원히 열리지 않기를 바라기도 했다.

‘유리야, 너무 고마워, 내 친구가 되어주어서. 난 살아오면서 착한 짓을 해본 적이 없는데 이런 행운이 어떻게 왔을까? 믿어지지 않아, 이런 현실이…….’

희채는 마음속으로 그렇게 중얼거리다가 유리의 목소리를 들었다.

“희채야! 난 가수가 되겠다고 생각한 적 없어. 노래를 좋아하지만…….”

“그럼 연극?”

그 질문 역시 희채는 한 번도 생각한 적이 없는 것이었다. 왜 그런 질문을 하는지 자기 자신도 이해할 수 없었다.

“연극을 좋아하지만 그것도 내 꿈은 아냐. 너도 느꼈겠지만 사실 난 저번에 한 연극에 대해서 별로 만족하지 않았어. 내 의도하고 많이 빗나갔거든. 주변에 있는 선생님들이랑 친구들 의견이 너무 많이 반영되는 바람에 내 의도는 거의 무시됐어. 다문화가정을 소재로 한다는 생각을 할 때부터 문제가 된 것이지. 난, 내가 다문화가정에서 태어났지만, 특별히 그런 생각을 해본 적이 없어. 오히려 아무런 문제없이 잘 살아가고 있는데, 자꾸 다문화, 다문화 하면서 우리 사회가 문제를 만들어내는 게 아닌가 하는 생각이 들 때가 많아. 물론 친구들이 가끔씩 그런 아이들을 놀리기도 하고 또 그런 아이들이 힘들어하는 것을 보기도 했지만, 그렇다고 너무 다문화가정 문제를 특별화시키고, 늘 문제가 있는 것처럼 생각하는 것도 싫었어. 요즘 청소년 소설에서 다루는 다문화가정 아이들도 다 문제가 있는 것처럼 나오잖아? 그냥 평범한 아이들처럼 살아가는 모습을 그렸으면 좋겠어. 나도 그렇게 하려고 했는데, 학교 선생님이 자꾸만 다문화가정 아이들과 일반 아이들의 갈등을 다루라고 하니까 별로 즐겁지도 않고 많이 힘들었어."

그 말을 듣고 보니 희채는 연극 연습을 총지휘하면서 늘 어둡고 말이 없었던 유리의 마음을 이제야 이해할 수 있을 것 같았다.

"내가 이곳으로 이사 와서 가장 좋았던 것은 봄꽃이 유독 아름답던 저 수리산이랑 샘강의 안개야. 근데 이제 봄이 되어도 수리산에 안 가. 이제 진달래도 산꼭대기에 가야 볼 수 있는데, 거기도 조만간에 송수신탑이 들어선다고 하니까. 그래도 강이랑 안개가 있어서 다행이야. 내 별명이 안개 소녀야. 우리 엄마가 붙여줬어. 그리고 안개 좀 그만 좋아하래. 안개는 어두운 거잖아? 내 마음이 너무 어둡대. 엄마는 내가 밝은 태양을 좋아했으면 좋겠대. 어린 것이 너무 생각이 많고 부정적이고 어두워서 걱정이래."

희채는 그 말을 듣고 한동안 유리의 옆모습을 쳐다보았고, 정말이지 자기는 유리를 모른다고 인정할 수밖에 없었다. 그래서 아무런 말을 하지 않고 있다가 역시 중얼거리듯이 말했다.

"나도 할머니 집으로 와서 안개가 가장 신비로웠어. 특히 혼자 안개 속에 있으면 세상이 고요해지고, 나만의 세상이 열리는 것 같았어."

희채는 저도 모르게 주절주절 말해 놓고도, 그런 자신이 믿어지지 않아 깜짝 놀랐다. 역시 그런 말을 해야겠다고 작정한 적이 없었다.

유리는 가방에서 손수건을 끄집어내서 희채한테 주었다. 얼굴을 닦으라는 뜻이었다. 희채는 멈칫거리다가 얼굴을 대충 닦고 손수건을 건네주자

"목은 왜 안 닦았어?"

그리고는 손수건으로 희채의 목을 닦아주었다. 희채는 눈을 감아버렸다. 머리를 뒤로 묶은 유리는 신기하게도 별로 비에 젖은 것 같지 않았다. 그 안개비가 마법처럼 유리를 비켜가는

것만 같았다.

"그 생각은 못했네. 너도 전학 왔구나! 그래, 그런 말 태희한테 들었는데……."

유리는 그렇게 말을 하고 다시 전동 휠을 탔다. 작은 공원이 나왔다. 유리는 지체없이 그쪽으로 방향을 틀었다. 그리고 며칠 전에 와서 앉았던 그 정자로 갔다.

"와, 어느새 여기까지 왔네. 여긴 노을이 질 때도 좋고, 이렇게 안개가 낄 때도 좋구나! 꼭 미지의 세계에 온 것 같아. 강이 보이지 않는 대신, 어느 행성에 툭 떨어져 있는 느낌!"

희채도 그 옆으로 가서 나란히 앉았다. 강물이 보이지 않아도 상관없었다.

안개비라지만 희채랑 유리의 옷은 이미 축축해지고 있었고, 빗물은 살갗까지 침투하였다. 옷이 살가죽이 되어 달라붙었다.

유리가 희채의 어깨를 툭 치면서 일어났다.

"야, 가만히 있으니까 춥다! 오늘은 더 멀리까지 가보자. 히히히, 이 세상 끝이 있다면, 그곳까지 가보고 싶다. 지금 당장!"

"난 바다에 갔을 때 그런 생각을 한 적이 있어. 초딩 3학년 여름 방학 때 엄마랑 바닷가에 갔어. 동해바다! 그때 눈앞에 보이는 바다는 '여기가 육지의 끝'이라는 생각은 물론이고, '여기까지가 엄마하고 같이 사는 땅'이라는 생각까지 들게 했어. 엄마가 그 바닷가에서 내 손 꼭 잡고 미안하다고 했어. 엄마는 아빠랑 생각이 달라서 더 이상 같이 살 수 없게 되었다고 하면서 우시더라고. 나도 울고 싶었는데, 나한테는 항상 거인 같았던 엄마가 울어버리니까, 이상하게도 침착해지면서 눈물도 안 나더라고. 그때부터 난 우는 법을 잃어버렸어. 울려고 하다가도 그 바닷가만 생각하면 울음이 사라져버리더라. 엄마는 그 바다를 건너서 멀리 캐나다로 가버렸어. 갑자기 그 바다가 생각나는구나.”

“야, 그럼 우리 언제 바닷가에 가자!”

“좋아!”

희채랑 유리는 다시 전동 휠을 탔다. 둘은 거의 나란히 달렸다. 둘은 한동안 말이 없었고, 각자 세상의 끝을 상상하려고 애를 썼다.

희채는 오늘따라 엄마가 너무 또렷하게 떠올라서 저도 모르게 도리질하는 횟수가 많아졌고, 그래서 슬그머니 휘파람을 불었다. 엄마 생각이 날 때마다 하는 행동이었다.

묘하게도 휘파람을 불다 보면 엄마 생각이 사라졌다. 자기 입에서 나오는 휘파람이 어떤 마법을 부리는지 그건 알 수 없으나 이상하게도 휘파람을 불다 보면 엄마 생각에서 벗어날 수 있었다. 희채는 휘파람을 좋아하는 엄마가 남겨 놓은 마법일지도 모른다고 생각했다.

지금보다 어렸을 때는 엄마를 원망하기도 했고, 나중에 어른이 되어 꼭 찾아가서 저주를 퍼부어줄 것이라고 미워하기도 했다. 엄마 아빠가 이혼하고 처음 할머니가 사는 시골로 왔을 때, 희채는 생을 다시 살아간다는 생각이 들었다. 엄마가 이끌어주는 삶과 할머니가 이끌어주는 삶은 그렇게 달랐다. 먹는 것부터 입는 것 그리고 시간을 보내는 방법 등 모든 것이. 그건 새로운 삶이었고, 그만큼 힘들고 낯설었다. 그래도 시간은 흐르고 희채의 몸은 자랐다. 어쨌든 희채가 그 시간을 버티어내고 있다는 뜻이었다. 그렇게 조금씩 시간이 흐르자 엄마에 대해서 갖고 있었던 미운 감정들이 조금씩 사라지기 시작했고, 어느 순간부터는 무덤덤해졌다.

희채는 집에 와서 샤워하고 가방을 열다가 깜짝 놀랐다. 비닐에 쌓인 편지가 보였기 때문이다. 겉봉에는 아무런 글씨가 없었다. 봉투를 뜯었다. 하얀 A4용지에다 분홍색 색연필로 테두리를 그리고, 그 안에다 까만 색연필로 가지런하게 줄을 그어 놓고 초록색 글자를 새겨갔는데, 신기하게도 희채는 마당 꽃밭에다 뿌린 씨앗에서 움트는 새싹들이 연상되었다. 편지지 위쪽 모서리에는 마른 단풍잎 하나가 붙어 있었다.

희채는 뭔가를 달라고 쳐다보고 있는 쫑에게 과자를 주고는 편지지를 펼쳤다.

희채야, 그냥 이렇게 편지로 내 감정을 전하고 싶다.

난 이상해. 왜 다른 친구들처럼 SNS로 소통하는 것을 두려워하는지 모르겠어.

아무튼 전화도 있고, 이메일도 있고, 카톡이랑 문자 메시지도 있고, 또 다른 것도 있지만 이렇게 하고 싶었어.

희채는 유리의 편지를 읽으면서 컴퓨터나 휴대전화로 주고받는 것하고는 또 다른 느낌을 받았다. 글자 하나하나 꾹꾹 눌러쓴 유리의 글씨체를 보니까, 새삼 연필 글씨를 좋아하던 엄마가 떠오르기도 했다. 엄마는 필기도구 중에서 연필이 가장 좋다고 했다.

희채도 SNS가 맹위를 떨치고 있는 시대에 살고 있었다. 그런데 지금 이 순간만큼은 그런 SNS의 지배를 받지 않고, 유리하고 자기 자신만의 특별한 시간을 살고 있는 듯한 묘한 느낌이 밀려왔다. 편지는 SNS하고 달리 묘한 떨림이 있었다.

난 요즘 널 알아가는 시간이 너무 기쁘고 그런 시간들이 기다려져.

특히 네가 꽃을 좋아한다는 것을 안 후부터, 너의 맑은 눈빛을 본 후부터, 나도 모르게 널 생각하는 시간들이 많아졌어.

그때마다 내가 왜 이러지 하고 나 자신에게 물음표를 던지기도 했고, 이것이 누군가를 좋아하는 감정인가 하는 생각도 했어.

음새가 널 좋아한다는 것을 알고는 한동안 망설이기도 했어. ㅋ ㅋㅋ.

근데 며칠 전에 음새가 너랑 사귀냐고 묻길래, 난 그렇다고 말해버렸어.

그래도 되는 거지?

암튼 내가 왜 너한테 이렇게 끌리는지 모르겠어. 내가 외로워서 그럴까? 난 너무 외롭거든. 특히 아빠가 돌아가신 뒤로는, 시간의 흐름이 왜 이렇게 더딘지 모르겠어.

엄마랑 아빠도 국제결혼을 하였어. 근데 음새네 부모님하고는 조금 달라. 우리 엄마 아빠는 서로 오랫동안 사랑하다가 결혼했거든. 우리 아빠가 베트남에서 사업을 하다가 만났고, 두 분이 3년간 연애했대.

그러다가 결혼해서 서울에서 살았는데, 아빠가 사업이 잘되지 않아서 고향으로 내려온 거야. 아빠는 여기서 자동차 고치는 일을 했어.

아빠는 그 일을 하면서 행복하다는 표현을 종종했어. 사업도 잘되는 편이었고, 아빠가 좋아하는 일이었거든. 근데 아빠가 사고 난 차를 견인하다가……. 또 다른 사고가 나서 돌아가셨어. 3학년 때.

그때부터 난, 엄마라는 동생을 둔 아이처럼 살아야 했어.

엄마는 걸핏하면 울면서 '유리야, 어떻게 살아야 할지 모르겠어.' 하고 나한테 하소연만 해댔거든. 갑자기 아빠를 잃은 엄마는 이 사회에서 살아갈 수 있는 아무런 준비나 고민이 되어 있지 않았어.

한국말도 서툴러서 일자리를 잡을 수 없었고, 그러다가 작은아빠랑 같이 베트남 쌀국수집을 열었지만, 여전히 어떻게 살아가야 할지 불안해하고 있으니, 내 맘이 어땠을지 알겠지?

희채는 유리의 글씨를 하나하나 해독하듯이 천천히 읽어갔고, 그러다 보면 솔직하게 자신의 속마음을 드러낸 그녀의 얼굴이 떠올랐다. 그렇게 떠오른 그녀의 모습은 직접 마주하고 있는 것하고는 또 달랐다. 직접 유리를 볼 수는 없어도 훨씬 더 많은 다양한 감정을 떠올리게 하였다. 희채는 너무 기쁘고 흥분되었다. 어쩌면 반쯤 정신이 나간 상태에서 그 편지를 읽고 또 읽었는지도 모른다. 편지지 모서리에 붙어 있는 마른 단풍잎은 그녀가 마법을 써서 변신한 것만 같았다.

그렇게 편지를 읽고 또 읽어서 아예 달달달 외울 수 있게 되었을 즈음, 책상에 앉아 답장을 쓰기 시작했다.

유리야, 살아가면서 내가 누군가에게 이런 편지를 쓰게 되리라고는 전혀 생각하지 못했어. 이건 진짜 꿈도 꿔보지 못한 판타

지야! 또 엄마 생각 나. 엄마는 생신 때마다 나한테 편지받는 걸 가장 좋아하셨지. 그래서 편지를 썼어. 난 편지란 그렇게 부모님에게만 쓰는 것이라고 생각했던 적도 있어. 유치원 다닐 땐 그랬거든.

SNS로 글을 쓸 때는 어떤 망설임이 없지만 편지는 일단 신호등 앞에 서듯이 자꾸만 망설이게 해서 훨씬 시작하는 것이 어려웠다. 그런데 막상 시작을 하고 나니까 편하게 속엣말을 풀어놓을 수 있었다. 특히 유리의 여러 표정을 상상하면서 글을 쓸 수 있다는 것이 좋았다. 그만큼 더 구체적이었고, 그만큼 실제적이었다.

유리야, 엄마는 기분이 좋지 않을 때면 나한테도 편지를 썼어. 그렇게 엄마랑 소통한 셈이지. 엄마도 비교적 솔직하게 자기 맘을 이야기하려고 했고. 물론 내가 너무 어려서 아빠랑 갈등하는 것을 적지는 못했지만.
유리야, 근데 신기한 건 한참 시간이 지났는데도, 지금 다시 엄마가 보낸 편지를 보면 그때의 감정이 다 살아난다는 거야.
난 엄마 편지를 다 가지고 있거든. 어쩌면 그걸 보면서 엄마를 미워하는 감정이 누그러졌는지도 몰라.
잘은 몰라도 그걸 볼 때마다 엄마를 이해하고 싶어졌어. 적어도 엄마가, 내가 싫어서 멀리 떠나지는 않았다는 사실, 뭔가 알 수는 없지만 어쩔 수 없이 그렇게 되었다는 사실, 그래, 그것만큼은 확신할 수 있었어.

그녀의 볼에서 흘러나오는
아름다운 미소가 얼굴 전체로 번지고

　　새벽부터 마당에서 참새들이 요란하게 떠들던 날이었다. 희
채는 일어나서 유리의 카톡부터 확인했다. 저녁에는 엄마하고
시내에서 영화를 보기로 했다고 하면서, 오늘은 일찍 샘강 모
래톱 근처에서 만나자고 했다. 마침 토요일이라 큰 문제는 없
었다.

　　근처 펜션에 온 사람들이 모래톱으로 몰려나와 있었다.

　　유리는 자신의 놀이터를 뺏긴 아이처럼 시무룩한 표정으로
서 있다가 희채가 나타나자 신나게 손을 흔들었다. 그리고는
빠르게 전동 휠을 타고 왔다.

　　"며칠 전에 안개비 오래 맞았는데, 괜찮아?"

　　희채는 그 눈빛이 너무 가까워서 슬그머니 피했다.

"너야말로 괜찮은 거야?"

희채가 그렇게 말하자, 유리가 그의 어깨를 손으로 두드리면서 크게 소리치듯이 말했다.

"나 어릴 땐 별명이 조폭 마누라였어. 내가 태권도랑 합기도 유단자거든. 남자 애들 많이 팼지. 날 놀리거나 친구들 놀리면…… 난 그런 사람이야! 그니까 너도 조심해."

"난 누구랑 한 번도 싸워본 적 없는데……."

"그럴 것 같았어. 걱정 마. 누가 건드리면 이제부터 내가 막아줄게. 히히히."

희채는 뭐라 한마디 할까 하다가 일부러 전동 휠의 속도를 내면서 몸을 옆으로 흔들었다. 순간적으로 유리도 전동 휠의 속도를 내면서 따라왔다.

바람이 불 때마다 유리의 머리카락이 한 올 한 올 일어나서 흔들렸다. 희채는 그런 유리의 머리카락이 작은 풀잎 같았고, 자꾸만 속삭이고 싶었다.

'이것이 연애일까? 난 모르겠어. 뭐가 연애하는 것인지……. 근데 말야, 이건 분명해. 난 너만 생각하면 기분이 좋아져. 이젠 버스 유리창만 봐도, 우리 집 거실 유리만 봐도 기분이 좋아져. 난 이런 감정이 영원히 바뀔 것 같지 않아. 근데 태희를 보면 헷갈리기도 해. 태희는 음새가 좋다고 자기 이상형이라고 소개해달라고 야단이더니, 며칠 전부터 다른 애랑 사귄다니까. 이

제야 이상형을 찾았다면서, 그렇게 좋아하는 감정이 쉽게 바뀔
수 있는 건지 난 모르겠어. 난, 난, 너랑 헤어지면 다른 여자는
못 사귈 것 같애. 그렇거든.'

희채가 혼잣말로 중얼거리자 유리가 슬쩍 뒤돌아보면서

"혼자 뭐라고 중얼거리는 거야?"

하고 물었다. 희채는 그냥 더 크게 노래를 불렀다. 그러다가
유리를 보면, 그녀의 볼우물에서 흘러나오는 아름다운 미소가
얼굴 전체로 번지고 있었다.

희채는 그런 유리의 모습을 크로키하고 싶었다.

희채는 다음 다음날 학원에서 유리한테 편지를 또 받았다.

희채야, 너무 고마워.

너한테 편지를 전해주고, 밤새도록 잠을 자지 못했어. 나도 이
렇게 누군가에게 편지를 써서 주기란 첨이거든. 생각보다 더 떨
렸어.

너랑 안개 속에서 보냈던 시간들이 눈만 감으면 떠올라. 그래서
아침에 눈을 뜨면 오늘도 안개가 끼거나 비가 왔으면 좋겠다고
생각하기도 해.

그날 희채는 샘강 길에 앉아서 답장을 쓰기 시작했다. A4용
지에다 샘강을 스케치하고 그 강변에 앉아 있는 작은 여자아

이를 그렸다. 그 여자아이는 유리를 생각하고 그렸으나 상대가 알아보지 못하도록 신경 썼다. 그런 다음 글씨를 썼다.

한 줄 쓰고 잔주름을 일으키며 밀려오는 강물을 보고, 또 한 줄 쓰고 근처를 날아다니는 새들을 보고, 또 한 줄 쓰고 풀잎에 앉아서 편지를 엿보는 실잠자리를 보고…….

그렇게 편지지 두 장을 채우고 나니 해가 저물고 있었다.

희채는 근처 풀밭에 쪼그려 앉아서 네 잎 토끼풀을 뽑아 편지지에다 넣었다.

할머니는 밥 먹을 때마다 많이 먹지 않는다고 구박하셔. 특히 고기를 먹지 않는다고 맨날 옆집 태희랑 비교하셔.

"태희는 고기도 어른들보다 더 많이 먹는데, 넌 너무 안 먹어서 빼빼 마르는 것이라고!"

그런 말 들을 때마다 개짜증 나고 진짜 지겨워! 요즘 들어 할머니 잔소리는 점점 더 심해지고 있어. 진짜 장난 아냐!

밥 먹을 때는 그 잔소리 때문에 진짜 밥이 어디로 들어가는지 모르겠어. 물론 손자를 생각하는 마음은 알겠지만 맨날 잔소리를 들으니까 귀에 들어오지 않고 개지겨워.

당연히 공부하라는 말이 가장 많지. 물론 아빠가 대학 때까지 학비를 대주겠다고는 했지만, 할머니 말처럼 그건 몰라. 아빠는 지금 다른 여자랑 살거든. 그 여자의 한마디에 아빠가 달라질 수 있다는 거 나도 알아. 근데 할머니가 자꾸 그런 말을 하시거든.

"정신 차려야 해. 정신 차려야 한다고! 넌 할머니가 죽으면 혼자나 다름없어!"

그 말 들으면 엄청 짜증이 나면서 몸에서 뭔가 폭발할 것 같아. 그래서 나도 집중하고 공부를 하려고 하는데, 잘 안돼. 일단 뭘 하고픈 게 없어.

언젠가 재희 형이 나한테 꿈이 뭐냐고 물었을 때, 굉장히 초라했어. 뭐라 할 말이 없었거든. 오히려 학교를 그만두고 당당하게 자기 꿈을 찾아가고 있는 그 형이 부러웠어. 지금도 그래. 난 그 형이 부러워.

그건 사실이었다. 희채는 엄마랑 같이 살 때만 해도 친구들이 물어보면

"난 화가 될 거야!"

하는 말을 당당하게 내뱉었다. 그렇게 말할 때마다 진짜 화가가 된 것 같은 기분이었다. 그런데 지금은 그런 질문을 받았을 때가 가장 곤혹스러웠다. 그래서 무엇인가 자기 자신이 하고 싶은 일을 찾아보려고도 했으나 안타깝게도 떠오르는 것이 없었다.

그렇다고 주위에서 도움을 주는 사람도 없었다. 그것이 엄마

하고 할머니의 가장 큰 차이점이었다. 만약 이런 상태에서 엄마가 있었다면 끊임없이 희채에게 새로운 생각을 할 수 있도록 여기저기 새로운 곳을 끌고 다녔을 것이고, 또한 다양한 직업을 가진 어른들을 만나게 했을 것이다. 물론 희채가 진저리칠 정도로 많은 책을 보게도 했을 것이다. 그만큼 엄마는 자식이 다양한 꿈을 가질 수 있도록 배려해줄 수 있는 준비가 잘 되어 있었다. 반면 할머니는 그런 준비라고는 거의 제로에 가까웠다. 그래서 할머니가 할 수 있는 말은 유일하게

"넌 다른 애들보다 더 죽어라고 공부해야 해!"

그런 말뿐이었다. 희채도 그런 할머니의 마음을 잘 알고 있었으나 그걸 밖으로 표현하지는 못했다. 그래서 중학생이 된 뒤로는 할머니하고 거의 할 말이 없었다. 같이 꽃밭에서 풀을 뽑을 때도 할머니한테 말을 걸지 않았다.

그러다가 문득 돌아다 보면, 할머니는 희미한 눈빛으로 희채를 바라다보고 있었다. 희채는 그런 할머니의 눈빛이 금방 꺼져버릴까 봐 두려워지기도 했다. 특히 중학교 2학년 되고 나서는 그런 생각이 불쑥불쑥 들었다.

희채는 그런 이야기를 편지에다 썼다. 그러면서 자기가 편지 체질이라는 생각도 들었다. 차분하게 글을 쓰다 보니 자기감정을 훨씬 더 세밀하게 드러낼 수가 있었고, 하룻밤에 편지지 열 장 넘게 쓰기도 했다. 희채는 처음으로 자신이 은근히 수다쟁

이일 수도 있다고 생각했다.

꽃밭에 있는 꽃들은 하루하루 시간이 흐르면서 계절을 알아간다. 그것처럼 희채도 하루하루 시간이 흐르면서 유리를 알아가고 있었다. 편지가 한 번씩 올 때마다 유리가 자기 자신보다 훨씬 외로워하고 있으며, 마음속 풍경이 무척 어둡다는 사실도 알았다. 항상 밝게 웃고 다니는 얼굴은 가면이나 다름없었다.

희채는 마음속에서 자라는 생각의 싹들을 하나씩 내보일 때마다 마음의 무게가 가벼워진다고 확신했다. 마음속 풍경을 드러내는 데도 부끄럽지 않았다. 오히려 드러내면 드러낼수록 편안해지고 새로운 생각들이 움터 나왔다.

학교에서는 아무도 모르게 눈짓으로 말을 주고받기도 했고, 휴대폰으로 카톡이나 문자 메시지를 주고받기도 했지만 편지만큼 많은 이야기를 담아서 주고받을 수는 없었다. 희채는 편지를 받지 못한 날은 이미 읽은 편지를 끄집어내서 또 읽고 또 읽었다. 그래도 항상 새로운 느낌이었다.

한번은 유리가 카톡으로

-희채야, 넌 작가해도 되겠어! 어떻게 편지를 열 장도 넘게 쓸 수가 있니?

하고 물었고, 희채는 자기 자신도 이해할 수 없다는 표정을 지으면서 답장했다.

　-글쎄 모르겠어. 아무리 많이 써도 하고 싶은 말이 줄어들지 않아.
　-그렇구나! 넌 글 쓰는 데도 재주가 많아! 넌 예술가 체질인가 봐!

　희채는 그런 유리의 카톡을 볼 때마다 기분이 좋았다.

　희채랑 유리는 샘강변에 있는 작은 공원에 자주 갔다. 희채
는 나중에 어른이 되어서 유리랑 자동차를 몰고 그곳에 와서
일몰을 보는 꿈도 이미 꾼 상태였다.
　그런데 꿈에서 자동차를 몰고 있는 희채는 여전히 중학생이
었다. 반면 유리는 눈부시게 아름다운 어른이 되어 있었다. 유
리는 기타를 메고 있었다.
　희채가 그런 이야기를 하면 유리는
　"꿈이란 진짜 신기해."
　하고 낮게 옹알이하듯이 말했다.
　"네 꿈속에 내가 기타를 메고 나타났다니……. 모르겠어. 어
려서 아빠랑 같이 기타를 배웠어. 아빠가 그랬어. 기타 하나만
잘 배워 놓으면 외로울 때 도움이 된다고. 아빠가 살아오면서
가장 아쉬운 점은 공부를 못한 것도, 돈을 많이 벌지 못한 것도
아니고, 제대로 악기 하나 배우지 못한 것이라고. 초딩 2학년

때 아빠가 작은 기타까지 사줬어. 그때 난 놀랄 정도로 기타를 빨리 배웠고, 잠깐이지만 내가 이런 재주가 있나, 한번 이쪽으로 생각해볼까 하다가 금방 접었어. 축제 때 많은 사람들 앞에서 노래하기는 했지만, 난 무대공포증 같은 거 있거든. 진짜 얼마나 떨리는지 몰라."

유리는 갑자기 심각한 표정까지 지었다. 희채는 그럴 수도 있겠다고 고개를 끄덕여주었다.

"축제 때는 탁민지 언니 때문에 나간 거야. 탁민지 언니랑 오래전부터 알았거든. 그 언니 엄마랑 우리 엄마가 잘 아는 사이라서…… 민지 언니가 하도 같이 나가자고 해서…… '탁소리'라는 것도 그 언니가 생각해낸 거야. 암튼 나, 그때 노래하려고 우황청심환을 두 병이나 마셨으니까, 어느 정돈지 알겠지? 그래도 박자를 놓치고, 가사도 까먹었어. 아, 그때만 생각하면 머리에서 쥐가 난다! 근데 사람들은 늘 내 겉모습만 보고 그렇게 안 생겼다고 하지."

희채는 저도 모르게 가방에서 공책을 끄집어냈고, 숲 우듬지에서 잘게 부서져 내리는 햇볕을 고스란히 받아내면서 살포시 눈을 감고 있는 유리를 크로키했다. 유리는 그런 줄도 모르게 마치 햇볕이 뿌리는 마법에 취해 있는 것처럼 눈을 감고 고개를 살랑살랑 흔들어댔다.

"우린 왜 이렇게 늘 불안해야 하는 거지? 두 발이 있고, 발

디딜 땅도 있고, 편안하게 잘 수 있는 집도 있고, 또 보호자인 엄마나 할머니도 있는데…….”

“그러게.”

“며칠 전에도 얼핏 말했지만…….”

유리는 뭔가 중요한 말을 하다가 어디선가 오토바이 소리가 들리자 얼굴을 돌렸다. 엄청나게 큰 소음을 뿜어대면서 공원으로 들어선 것은 뜻밖에도 재희 형이었다.

유리가 놀라면서 자꾸만 주위를 두리번거렸다. 희채도 어디론가 숨고 싶다는 생각을 했지만 몸이 움직여지질 않았다. 다행히도 재희 형은 곧장 오토바이를 타고 사라졌다.

“난 저 오빠만 보면 웃음이 나와. 헤헤헤. 근데 우리가 무슨 큰 잘못을 한 것도 아닌데, 왜 숨고 싶어지지?”

“그러게.”

둘은 한동안 아무런 말이 없었다.

그러다가 노란 고양이 한 마리가 살금살금 다가오자, 유리가 희채를 빤히 쳐다보면서 불쑥 입을 열었다.

“나, 어쩌면 혼자 살지도 몰라.”

“그게 무슨 말이냐?”

희채는 그 말뜻을 이해할 수 없었다. 그리고 자신이 영영 감당할 수 없는 말이 나올까 봐 겁이 났다.

옆으로 온 고양이는 움직이지 않고 둘의 목소리를 듣고 있었고, 유리는 가방 속에서 과자를 끄집어내더니 하나씩 던져주었다. 그리고 희채의 손아귀에다 몇 개를 쥐어주고는

"난 아무런 생각 없이 살아. 난, 진짜 그래."

하고 말했다. 순간 희채의 입에서도,

"어, 나도 그런데……."

하는 말이 튀어나오고야 말았다. 희채는 과자를 씹어 먹으면서, 이 순간을 기다렸다는 듯이 빠르게 말을 이어 갔다.

"나야말로 한심해. 할머니는 공부 열심히 해서 과학고 가라고, 그래야 의사도 되고 좋은 직장에 취직한다고 하는데, 난 아무런 의욕이 없다고나 할까? 진짜 난 나중에 어른이 되는 게 겁나. 내가 어떻게 살지 모르겠어."

"희채야, 넌 그림 잘 그리잖아?"

"이 정도 그림 그리는 건 미술학원만 다니면 다 하는 거야. 아무런 의미가 없어. 예체능은 진짜 뛰어나지 않으면 어렵잖아?"

"글쎄, 그래도 좋아한다면 하는 거지. 천재만 하란 법 있니? 넌 그림 그릴 때가 가장 편해 보여. 연극 준비하면서 너 그림 그리는 거 보고, 자기가 좋아하는 것을 하는 것이 저런 거구나 생각했는데……. 너도 좋아하잖아? 그럼 해봐. 왜? 할머니가 반대해서?"

"어, 모르겠어. 진짜 내가 그림 그리는 것을 좋아하는지."

"난 좋아하는 것을 하는 게 맞다고 생각해."

"진짜 난 모르겠어."

희채는 그 이상 솔직하게 말할 수 없었다. 가끔씩 미래에 대해서 생각을 하면 참 답답했다. 할머니 말에 따르면 아빠는 이 마을에서 서울로 처음 대학에 간 사람이었다.

한때 아빠는 할머니의 자랑거리였다. 아들 셋을 낳았지만 둘은 열 살을 넘기지 못하고 알 수 없는 병으로 죽었고, 할아버지도 아빠가 열네 살 때 돌아가셨다. 그러자 할머니는 남은 아들에게 모든 것을 걸었다. 아들은 그런 바람대로 늘 우등생이었고, 대학에 합격한 날 마을 곳곳에 마치 옛날 과거에 합격한 것처럼 축하한다는 현수막이 나붙었다. 아들은 죽어라고 공부했는데 운이 따르지 않았는지 계속 사법고시에 떨어졌고, 결국은 법원에서 근무하는 공무원이 되었다. 그러나 아들은 결혼한 지 5년 만에 직장을 그만두었고, 사업을 시작했는데 잘 되지 않았다. 결국 며느리랑 갈등이 생겼고, 이혼하게 되었다.

희채는 그런 이야기를 할머니한테 들었고, 처음으로 아빠가 조경하고 관련된 사업을 하고 있다는 사실을 알았다.

"어쨌든 난 아빠를 닮지 않았나 봐. 난 1시간만 책상에 앉아 있으면 미칠 것 같아. 온몸이 뒤틀리고……."

유리는 희채의 말을 듣고 한동안 말이 없더니

"희채야……."

하고 나지막이 불렀다.

희채가 고개를 돌렸다. 눈이 유리하고 마주쳤다. 희채는 고개를 돌리면서 주위를 두리번거렸다. 유리 숨소리만 들릴 뿐 아무런 소리도 들리지 않았다. 푸른 생명체들이 내뿜는 숨결이 주위를 가득 채우고 있었다.

유리는 그 싱그러운 공기를 들이마시면서 혼잣말에 가깝게 말했다.

"희채야, 그러고 보면 너랑 나랑은 참 비슷한 데가 많아. 나도 어른이 되는 게, 아니 하루하루 시간이 흘러가는 것이 두려워. 우리 엄마는 풀이랑 곤충들이 하루하루 충실하게 살아가는 것 자체가 어떤 꿈을 이루기 위한 과정이듯이, 우리가 이렇게 살아가는 것도 꿈을 이루기 위한 과정이라고 하시지. 누구나 꿈이 있다고 하면서. 다만 우리가 흔히 생각하는 것처럼, 아주 거창하지 않고 평범해서 그것을 꿈이라고 생각하지 않는다고. 미래에 좋은 엄마 아빠가 되겠다는 것이나 아주 착하게 살겠다는 것도 훌륭한 꿈이라고. 꿈이란 정말 대단한 게 아니라고 하셨지. 듣고 보니 그럴듯하다는 생각이 들었어. 그러면서 엄마가 그 꿈을 향해 걸어가라고 하는데……. 개짜증 나! 왜냐면 말야, 왜냐면, 엄마도 꿈을 찾아가려고 하거든."

희채는 그 말을 듣고도 한동안 멍했다. 도대체 유리가 무슨 말을 하는지 알 수 없었다. 유리는 옆에 있는 나무를 한 번 껴

안아보기도 하고 몇 번 폴딱폴딱 뛰어보다가 희채 앞으로 왔다.

"나도 알아. 어른도 꿈을 찾아가는 과정일 수 있다는 거! 그럼 난 어떡하라고! 엄마들은 자식을 위해서, 자식이 꿈을 찾아갈 수 있도록 일정 시간 지켜줘야 하는 거 아냐? 그럴 의무가 있는 거 아냐? 그렇지 않으면 왜 낳았어! 안 그래?"

여전히 희채는 아무런 말을 할 수가 없어서 괜히 손가락만 꼼지락거리고 있었다. 엄마 얼굴이 떠올랐다. 어쩌면 엄마도 꿈을 찾아갔을지도 모른다는 생각이 불쑥 들었다. 제발 그랬으면 좋겠다고 희채는 중얼거렸다.

"그게 왜 나쁜 거야?"

"그래 나쁜 거 아냐. 엄만 교사가 되고 싶어 했어. 베트남에서 대학을 나왔고, 교사자격증도 있으니까. 그래서 떠나겠다는 거야, 베트남으로."

"그게 무슨 말이야?"

"그러니까 자기 꿈을 이루기 위해서 딸을 버리고 베트남으로 가겠다는 거지. 난 작은아빠가 보살펴주기로 했다면서……. 내 의견은 무시하고 어른들끼리 합의한 거라고나 할까. 베트남은 멀지 않으니까 보고 싶으면 비행기타고 가면 되고……. 뭐 그러자는 것이지."

유리는 잠시 눈을 감더니 살랑살랑 바람에 흔들리는 강아지

풀처럼 머리를 흔들었다.

"너무 무책임한 사람이야. 진짜 개빡치고 존나 미워. 난 아직 아무것도 준비되지 않았는데, 아빠 돌아가시고 힘들어하다가 이제야 정신이 좀 돌아왔고, 좋은 집으로 이사 와서 이제 좀 주위도 돌아다니면서 뭔가 생각하려고 하는데, 너처럼 좋은 친구도 생겼고……. 근데 나한테 '넌 잘할 수 있을 거야!' 하고는 떠난다고 하니."

희채는 순간적으로 '떠난다는 것은' 어떤 의미일까 하는 생각이 들었다. 엄마도 희채한테서 떠나갔다. 엄마도 희채가 혼자 잘 살 수 있을 거라고 믿었던 것일까. 희채는 혼란스러워서 다시 휘파람을 불기 시작했다. 그래도 엄마는 지워지지 않았다.

유리는 크게 심호흡을 하였다.

"그치만 더럽게도 엄마를 이해해야만 하는 거지. 그런 거지, 그래, 난 엄마를 이해해. 그래서 엄마한테는 조용히 알았다고 했어. 내 걱정은 말라고."

"이야, 넌 역시 나보다 깊어. 정말 대단해. 그렇게 말을 하다니. 난 너만 보면, 이상하게도 내가 작게 느껴져. 넌 어른 같아. 나보다 몇 살이나 나이 많고 속 깊은 어른."

유리가 "히히히." 하고 웃었다. 꼭 술 한잔 한 것 같았다. 희채는 휘파람을 불다가 하늘을 올려다보았다. 그러자 가슴속에서 뭔가가 심장을 밀어올리고 막 끌어당기는 듯한 느낌이 들었다.

유리는 자기 무릎에다 턱을 얹으면서 계속 말을 이어갔다.

"아냐, 그렇지 않아. 사실 난 그런 생각을 하면서도, 내가 어떻게 변할지 몰라서 두려워. 그래서 내 생각이 변하기 전에, 어서 어른이 되었으면 좋겠다는 생각도 들더라. 요즘 들어 갑자기 그래."

"넌 대단해."

"아냐 아냐, 내가 얼마나 불안해하고……."

유리는 그 이야기를 끝내지 못하고 일어났다. 유리의 휴대전화가 울렸고

"엄마, 나야. 응, 알았어."

하고 다정하게 엄마하고 통화했다. 희채는 그렇게 엄마랑 통화하는 유리가 부러웠다.

재희 형의 우직한 깡다구를
훔치고 싶었다

희채는 어른이 된다는 생각만 하면 겁이 났다. 희채도 세상을 자기 마음대로 바라보고, 자기의 의지대로 행동하면서 살고 싶었다. 다만 그럴 자신이 없을 뿐이다.

그렇다고 자기 마음대로 어른이 안 되는 것도 아니다. 하루하루, 희채는 저도 모르게 커가고 있었다. 언제까지나 할머니가 차려주는 밥을 먹으면서, 할머니가 주는 용돈을 받아서 살아갈 수 없다는 사실도 잘 알고 있었다. 그러다가 요즘 가끔씩 치매증상을 보이고 있는 쫑을 달래고 있는 할머니를 보면

"할머니 연세가 올해 몇이더라? 일흔일곱인가? 일흔여덟인가?"

그렇게 중얼거리는 적도 있었다. 일흔일곱이든 일흔여덟이

든 희채가 감히 상상조차 할 수 없는 시간이다. 할머니는 희채 앞에서 어디 아프다는 소리 한 번 하지 않았지만, 무시로 병원에 드나든다는 것을 잘 알고 있었다.

만약 갑자기 할머니가 돌아가시게 된다면 자기 운명은 어떻게 될까? 그동안 희채는 그런 생각이 뇌에서 꿈틀거릴 때마다 일부러 피하듯이 고개를 흔들었다. 그런 시간이 너무 두려웠기 때문이다.

유리야, 만약 그렇게 된다면, 아빠랑 같이 살 수 없을 거야. 난 그렇게 생각해.

할머니도 지금 그렇게 생각하시는 것 같고, 아마 아빠도 그렇게 생각하실 것이고. 근데도 난 아무런 준비가 되어 있지 않고, 그래서 그런 시간이 닥쳐올까 봐 두려운 거지.

유리야, 지난번에 내가 이런 얘기하니까 넌 너무 걱정하지 말랬지? 할머니가 더 오래 사실 거라고. 그럴지도 모르지.

근데 이건 그거랑 상관없이, 내 마음의 문제라고 생각해.

분명한 것은, 할머니가 언제까지나 날 보살펴주지 않는다는 사실. 그래서 혼자 사는 법을 받아들이고 준비해야 하는데, 그게 두렵다는 거지. 자꾸만 지금 이 시간에 머물고 싶고.

희채는 유리한테 그렇게 편지를 쓰다가 화장실에 가서 자기 얼굴을 한동안 쳐다보기도 했다. 희채가 생각하기에도 깡말랐다. 말라도 너무 말랐다. 키는 크지만 이상하게도 살이 찌지 않는다. 조금만 얼굴에 살이 쪘으면 좋겠는데, 왜 살이 오르지 않는지 모르겠다.

차라리 피터팬처럼 자라지 않았으면 좋겠다. 그냥 이 나이에 멈춰 서고 싶다. 이 나이에 머물러 있다가, 세상을 살아갈 자신감이 생겨났을 때 한꺼번에 웃자라서 어른이 되면 얼마나 좋을까. 희채는 온통 그런 생각뿐이었다.

대체 어른이란 무엇일까?

한번은 갑자기 비행기 기장이 되겠다고 선언한 태희한테 가서

"네가 범생이처럼 열공 모드로 접어드는 걸 보니, 진짜 비행기 기장을 하고 싶은 모양이네! 암튼 그 꿈 꼭 이루기를 바란다. 그럼 나도 네가 모는 비행기 타고 세계여행갈 수 있잖아? 근데 태희야, 넌 어른이라는 것에 대해서 어떻게 생각하나?"

뭐 그렇게 장난스런 말투로 물었다. 그건 희채의 진심이었다. 그런 희채의 마음을 알았는지 태희는 잠시 눈을 감고 생각에 잠겼다가

"자기 자신을 책임지는 존재가 아닐까? 일단 어른이 되면 용돈을 안 받잖아? 각자 알아서 돈을 벌어서 밥 먹고 잠잘 수 있는 집을 마련해야 하고, 또 가족도 만들어야 하고……. 그게 다

책임지는 거잖아?"

뭐 그렇게 말했다. 태희는 분명 희채보다 공부도 한참 뒤떨어져 있었다. 그런데 태희는 새로운 여친인 박소연을 만나면서부터 기장이 되겠다고 선언했고, 그런 아들의 선언을 기다렸다는 듯이 그의 엄마가 전면에 나서서 과외 선생님을 붙였고, 이번 달 학원에서 치른 수학시험에서는 희채를 한참이나 앞질러 버렸다. 희채는 한동안 그런 사실이 믿어지지 않았고, 그래서 다른 아이들에게 태희의 성적을 몇 번이나 확인했다. 그런 현실을 인정하고 나서야 희채는 뭔가 알 수 없는 시간이 태희를 바꾸어 놓고 있다고 생각했고, 그가 기장이 될 수도 있다는 것을 인정할 수밖에 없었다.

그러다가 집에만 오면 희채는 이 세상에서 자기 혼자만 점점 뒤떨어지고 있는 것 같았다. 태희는 저렇게 변해가는데, 희채는 변하는 것이 두려웠다. 아니 어떻게 변해가는 것이 좋은지, 자기 꿈이 뭔지, 그런 생각을 하는 것조차도 두려웠다.

유리야, 난 요즘 어른에 대해서 많은 생각을 해.

어른이란 단순히 몸이 커진다고 해서 되는 것 같지도 않고…….

그러니 나처럼 정신 연령이 낮은 사람은 어른이 되는 데 시간이 더 많이 걸리겠지.

그래서 다행이라는 생각이 들지만 네가 어른 같아서 그게 두려워.

어른하고 어른 아닌 사람하고 친구가 될 수는 없잖아?

다음날 희채의 편지를 받은 유리는 밤늦게 전동 휠을 타고 와서 직접 답장을 전해주었다. 그리고는 우체부 노릇까지 하니까 그 느낌이 새롭다고 헤헤헤 웃었다.

희채는 유리를 집에다 바래다주고 샘강 길에 있는 나무의자에 앉아서 편지를 읽었다.

희채야, 가끔씩 나도, 내 자신이 애늙은이 같다는 생각을 해.

근데 잘못된 건 아니잖아? 우리가 이렇게, 요즘 시대에 편지를 주고받는 것도, 그런 거잖아? 내가 음새한테 살짝 말했더니, "어머머 정말 낭만적이야! 희채랑 넌 잘 어울려." 하고 말하더니 곧장, "이게 뭔 시추에이션이야! 외계인도 아니고, 요즘 시대에 편지라니…… 진짜 구리다! 애늙은이들이야!" 하고 말했으니까.

요즘도 엄마랑 사이가 안 좋은데, 내가 엄마한테 딸 걱정 안 되냐고 물었어. 그냥 혼자 두고 가는 것이 걱정도 안 되냐고!

그랬더니 엄마가 웃으면서 이러는 거야.

"네가 왜 혼자니? 여기 작은아빠를 비롯하여 다른 친척들도 많고, 친구들도 많고…… 게다가 넌 어른스럽잖아? 뭐가 문제야!"

나 참 어이가 없어서, 그러면서 태희 이야기하더라. 요새 태희가 무섭게 달라지고 있는데, 네가 원하면 그렇게 개인 과외도 시켜주겠다고, 더 공부해서 원하는 학교에 가라고.

그래서 내 꿈이 뭔 줄 아냐고 물었더니, 세상에 놀랍게도 희채 너처럼 말하는 거야.

"너, 연극 관련된 일을 하고 싶은 거 아냐?" 하고.

진짜 개어이가 없어서 "그래, 배우될 거야!" 하고 말았어.

암튼 태희가 독하게 맘 먹고 변해가는 것 같은데, 그렇다고 우리하고 비교하는 건 아니잖아? 우린 우리대로 가는 것이고, 태희는 태희대로 가는 것이고. 난 그렇게 생각해.

난 어른들이 아이들을 또래들하고 비교하는 게 가장 싫어.

난 어른이 되면 절대 안 그럴 거야! 그런 말만 들으면 개짜증이 나!

태희 여친인 소연이도 놀랍대. 태희가 그렇게 변해갈 줄 몰랐다고 하면서. 첨에는 별로였는데, 점점 생각하는 것이 깊이가 있는 것 같아서 좋아진대나 어쩐대나!

희채야, 근데 말야. 재희 오빠 있잖아? 어제 시내에서 잠깐 봤어. 그 오빠 외국 간다고 하더라. 이태리로 음식 배우러 간대. 친척 아무개가 이태리에 사는데, 그분이 이태리로 오라고 했대. 거기 가서 이태리 음식 배워가지고, 여기 와서 강가에다 큰 집

멋지게 지어놓고 이태리 음식 팔겠다고 하더라.

그 오빠 허풍도 심하고, 가끔은 어디 나사가 하나 빠진 것 같기도 해. 그래도 이야기를 듣다 보면 오히려 진짜 현실적인 고민을 하면서 사는 사람이 아닌가 하는 생각도 들어.

그래서 이번에는 진짜 믿는다고 하면서, 나중에 내가 남친이랑 그 식당에 갈 테니 잘해달라고 했더니……. 나한테 뭐라고 하는지 아니?

"오 마이 갓! 아오자이 아가씨! 골키퍼 있다고 골 안 들어가는 거 아니라는 것 잘 알지?"

진짜 그 오빠 재밌는 사람이야.

암튼 태희랑 재희 오빠가 요새 가장 핫한 것 같아.

희채는 유리의 편지를 읽으면서 깜짝 놀랐다. 재희 형이 이태리로 간다는 말을 처음 들었기 때문이다. 워낙 변덕스럽기 때문에 언제 어떻게 바뀔지 알 수 없지만 그래도 희채는 재희 형이 부러웠다. 유리의 말처럼 재희 형이 허풍이 많기는 해도 자기 꿈을 확실하게 갖고 살아가는 사람인 것만은 인정하지 않을 수 없었다. 그런 생각만 하면 재희 형이 훨씬 크게 느껴졌다.

희채랑 유리는 하루에 두세 번씩 편지를 주고받기도 했다. 한번은 새벽 2시가 넘어서 편지를 쓴 다음 유리한테 메시지를 보내고, 전동 휠을 타고 가서 전달해주기도 했다.

물론 아무리 편지를 쓰고 고민을 해도 희채가 알고 싶은 미래의 길은 보이지 않았다. 그래도 유리한테 편지를 쓰고 나면 가슴속에 맺혀 있는 그 무엇인가가 조금씩 풀어졌다. 가끔씩 시내 영화관에서 팝콘을 먹으며 영화를 보거나 같이 밥을 먹고 났을 때도 비슷한 느낌을 받았다. 희채는 '아, 이래서 여친이 필요한 거구나!' 하는 생각을 하기도 했다.

방학이 끝나자 태희는 엄청 바빠졌다. 태희 엄마가 학원과 과외 선생님을 거쳐 가는 모든 일정을 직접 관리하기 시작했다.

그렇게 가을이 깊어 가던 어느 날, 학원에서 나오는 희채 앞으로 오토바이를 탄 재희 형이 다가왔다. 재희 형은 슬쩍 헬멧을 벗고는 키득키득 웃으면서

"야, 배고프지? 내가 짜장면 사줄까?"

해서 근처 중화 요리집으로 들어갔다. 둘은 마치 짜장면 먹는 시합을 하듯이 그걸 먹어치웠다. 희채가 입맛을 다시자 재희 형은 팔짱을 끼더니

"조금 짜고, 면발 질감이 너무 퍼졌고, 야채들이 너무 들쭉날쭉이야. 아무리 짜장면이라고 해도 야채를 예술적으로 썰어야지, 이건 뭐 애들이 칼로 장난치듯이 양배추랑 양파 같은 것들

이 썩어져 있잖아!"

그렇게 음식 맛을 평가하는데, 희채는 처음으로 그의 눈빛이 살아 있다는 생각이 들었다. 확실히 재희 형은 뭔가 달랐다. 희채는 처음으로 그의 눈빛을 인정해주고 싶었다.

"형, 짜장면도 관심 있어?"

"오 마이 갓! 이 자식아, 셰프가 모든 음식에 관심이 있는 것이지. 나중에 내가 이것보다 훨씬 맛있는 짜장면 해줄게. 진짜, 이 약속은 꼭 지킨다!"

"형, 진짜 이태리 가?"

"오 마이 갓! 네가 그걸? 그건 아직 태희도 모르는데……."

순간 희채는 '아차!' 하고는 뒷덜미를 긁적거렸다. 재희 형은 그런 희채를 마치 형사처럼 쏘아보다가 밖으로 나갔다. 그런 다음 근처 편의점에서 아이스크림을 두 개 사와서 하나를 주고는

"오 마이 갓! 내가 이런 하수한테 당하다니……. 그래그래, 인정한다. 오히려 잘됐네! 이태리 갈 생각하면서 그게 가장 맘에 걸렸는데, 희채 너라면 걱정 없지. 우하하핫, 갑자기 가장 큰 문제가 정리된 기분! 그래, 내가 한 3년 생각하니까 그때까지 우리 아오자이 아가씨 좀 잘 부탁한다, 희채 군! 알았지? 내가 우리 동네 강가에다 3층짜리 식당 지어서 오픈하면 널 가장 먼저 초대할게. 그런 내 모습 보면 아오자이 아가씨도 생각이 달

라질 것이다. 여자들이란 그런 거야!"

그렇게 끝없이 떠벌렸다. 희채는 입 안에서 녹아드는 아이스
크림 맛을 느낄 수가 없었다. 재희 형은 아버지한테 부탁해서
강가에다 땅을 샀다고 했다. 희채는 그 말을 듣는 순간 재희 형
을 다시 쳐다보았고, 자기의 꿈을 향해 한 치의 오차도 없이 전
진하는 그의 뚝심이 느껴졌다.

재희 형은 우리나라에서 가장 근사한 이태리 음식점을 하겠
다고 말했다. 특히 스파게티를 좋아하는 유리의 마음을 빼앗는
건 시간 문제라는 말까지 하자, 희채는 저도 모르게 아이스크
림이 느끼해지면서 그만 토하듯이 뱉어내고야 말았다. 희채는
괜히 화가 나서 참을 수가 없었다. 그래서 땅바닥에 굴러다니
는 빈 깡통을 차다가

"근데 형은 이태리 말을 전혀 못하잖아요? 겁나지 않으세
요!"

하고 도발적으로 물었다. 그것이 개털 알레르기를 가지고 있
는 것만큼이나 그의 치명적인 약점이라고 확신했다. 희채는 재
희 형의 입에서

"오 마이 갓! 그걸 생각 못했네. 에이, 그냥 접어야겠네."

하는 말이 나올 거라고 내심 기대했는데, 진짜 상상도 할 수
없는 말이 흘러나왔다.

"오 마이 갓! 이런 샌님 같은 놈. 너 그따구 정신으로 어떻게

살래? 그까짓 말이 안 통하는 게 뭐가 문제래? 난 하나도 겁나
지 않아. 내 눈이 있고, 귀도 있고, 입도 있고, 손발이 있는데 뭐
가 문제냐? 너 진짜 그런 게 겁나냐? 야, 샌님아! 너도 그림 좋
아하니까, 한 번은 외국물 먹고 와야지. 근데 그런 생각하면 골
치 아프다. 얌마, 그냥 부딪히는 거야. 모르면 모르는 대로, 걔
들도 다 인간이야. 난 그런 걱정은 1원어치도 안 한다, 인마!"

희채는 그 말을 듣자 가장 치명적인 자신의 약점을 들킨 기
분이었고, 왠지 다리까지 풀리면서 더 이상 걸을 수가 없었다.

희채는 솔직하게 말해서 재희 형의 그 단순한 생각이 부러
웠고, 좀 더 다르게 표현하자면 그 형의 우직한 깡다구가 한없
이 부러웠다. 그것을 훔칠 수만 있다면 수단과 방법을 가리지
않고서라도 뺏고 싶을 정도였다.

그날 처음으로 희채는 전교 1등을 하는 한울이보다, 요즘 성
적이 가파르게 치솟고 있는 태희보다, 그런 깡다구를 가진 재
희 형이 훨씬 더 부러웠다.

다시 유리의 그림을
다 찢어버리고서

　재희 형이 나중에 자기의 식당을 지을 것이라고 하면서 알려준 땅은 유리가 가장 좋아하는 샘강 모래톱 근처였다. 그래서 그런지 희채는 재희 형이 사라졌어도 마음이 별로 편하지 않았다. 오히려 재희 형이 마지막 밤에 치킨 파티를 하면서

　"난 꿈을 이루기 위해 잠시 떠났다가 반드시 돌아온다. 여기가 내 고향은 아니지만, 난 저 강이 좋아. 여긴 대도시 주변이고, 도시 사람들은 점점 이런 곳을 찾을 것이다. 여기가 변해가는 것이 아쉽기는 하지만 어차피 세상은 변해가는 법! 난 그 변화 속으로 들어가서 내 꿈을 찾아 다시 온다! 기다려라! 니들이 어떻게 될지 모르겠다만 분명한 것은 내 꿈은 이곳에 있다는 사실!"

하고 주절거리던 그 길고 긴 말이 토씨 하나, 숨소리 하나, "오 마이 갓!" 하고 내뱉는 그 목소리까지 다 떠오른다는 사실이었다.

희채는 재희 형이 떠오를 때마다 유리의 얼굴을 그렸다. 그래야만 재희 형을 뇌리에서 떨어낼 수 있었다.

재희 형이 떠나자마자 최강 한파라는 무시무시한 추위가 급습했다. 희채는 아무런 예고도 없이 들이닥친 아빠가 그 추위의 배후 세력이 아닌가 하는 어처구니없는 생각을 하기도 했다.

아빠는 승용차에서 내리자마자 할머니랑 방에서 두 시간이 넘도록 비밀회담을 하고 나서야 희채의 방으로 들어왔다.

"좋아 보인다!"

아빠는 처음으로 희채한테 악수를 청했다. 희채는 그게 무슨 뜻인지 알 수 없었고, 아빠가 꼭 잡은 손도 어색해서 엉거주춤 빼고야 말았다.

희채는 오히려 아빠한테 그 말을 하고 싶었다. "좋아 보이네요!" 하고.

어른들이란 늘 겉과 속이 달라서 눈으로 포착하는 것만으로 평가할 수 없겠지만 그래도 분명한 것은 얼굴에서 뭔가 여유가 느껴진다는 사실이다.

그뿐 아니라 아빠는 희채를 보고 계속 웃고 있었다. 엄마랑 살 때는 늘 어두운 얼굴이었고, 이야기를 할 때도 상대방을 쳐다보지 않으려고 했다. 그러니 그 시절 아빠가 얼마나 힘들고 외로웠을지 이제는 조금 이해할 수 있었다.

그렇다면 이혼은 두 사람을 위해서는 잘된 일일지도 모른다.

희채가 그런 생각을 할 때 아빠가

"이제 중3이니까, 나중에 뭐하고 살지에 대해서도 고민할 나이인데?"

하고 말하자, 마치 그 말을 기다렸다는 듯이 희채는 그림 쪽을 염두에 두고 있다고 말해버렸다. 그렇게 말해 놓고도 자신이 왜 그렇게 말했는지 이해할 수 없었다. 그래서 당황했다.

"어, 그래? 초등학교 5학년 땐가 한번 아빠가 '요즘도 그림 그리니?' 하고 물어보니까, '아빠 난 그림 안 그린 지 오래예요!' 하더니, 아무튼 알아서 하고……. 하여튼 아빠가 대학까지는 책임질 거야. 그 뒤로는 네가 알아서 해야 해."

이번에 처음 하는 말이 아닌지라 희채는 그냥 담담하게 듣고 있었는데, 이번에는 그 말을 같은 자리에서 두 번이나 강조하자 마치 이 말을 하기 위해서 온 게 아닌가 하는 의구심이 들 정도였다.

희채는 아무런 대답을 하지 않았다.

아빠도 희채의 대답하고 상관없이 거의 일방적으로 통고하듯이 하는 말이었다.

아빠는 희채의 침대 옆 벽에 붙어 있는 수십 장의 그림을 물끄러미 쳐다보았다. 죄다 유리의 그림이었다.

"누구냐? 연예인이냐? 아이돌 가수!"

아빠가 유리를 연예인이라고 생각하자 희채는 은근히 기분이 좋았다.

희채가 대답하지 않자 아빠는 고개를 돌려 창밖으로 눈길을 주었다.

"희채야, 그리고……."

아빠가 갑자기 희채의 이름에다 힘을 주었다.

"아빠는 조만간…… 그래 재혼하는데, 너한테 새엄마가 생기는 것이지만, 너한테는 일체 강요하지 않을 생각이다. 네가 그분을 새엄마라고 부르지 않아도 되고, 뭐 그런 건 상관없어. 어차피 같이 살 것도 아니고, 너도 다 컸고. 그러니까 아빠 말은 너만 잘 살면 된다는 뜻이야."

그제야 희채는 아빠가 갑작스럽게 찬바람을 몰고 나타난 이유를 알 것 같았다. 그 말을 듣자 희채는 저도 모르게 아빠하고 눈을 마주쳤는데

"걱정 마세요!"

딱 그 한마디를 해주고 싶었다.

계절은 빠르게 바뀌고 있었다.

겨울 방학을 마치고 개학하는 봄풀들의 몸짓이 활기차게 움직이고 있었다. 발 좋은 사람들을 숱하게 길러낸 수리산 숲속에는 요양병원이 세 동이나 들어섰고, 실버타운이라는 아파트 단지도 스무 동이나 들어섰으며, 수많은 전원주택들이 버섯처럼 곳곳에다 자리를 잡았다. 그래도 수리산에 남아 있는 나무들은 발악하듯이 봄을 반기면서 온몸으로 푸르른 색깔을 뿜어 올리고 있었다. 그래서 그런지 그 푸르름이 수리산의 처절한 외침 같았다.

희채가 신경 쓰는 마당가 꽃밭에서도 온갖 것들이 푸르게 돋아나고 있었다. 봄은 그렇게 자기가 불러낼 수 있는 모든 생명들을 다 불러냈다.

희채는 중3이 되었다. 아빠가 다녀간 뒤로 할머니의 잔소리는 더욱 집요해졌으며, 그 표정을 보면 뭔가 불안해하는 기색이 역력했다. 할머니는 아빠가 재혼한다는 소식을 듣고도 별로 기쁜 내색을 하지 않았다. 희채는 그것이 자기 때문이라고 생각했다. 그때마다 할머니한테 신경 쓰지 말라고 소리치고 싶은 충동이 일었다.

하루는 할머니가 희채의 방에 오더니 벽에 붙어 있는 유리의 그림들을 보고는 뭔가 말뚝을 박듯이 일부러

"끙!"

하고 소리를 냈다.

"저런 쓸잘데기없는 것 그만하고 제발, 제발 공부에다 신경 써라! 태희 좀 봐라. 눈에다 불을 켜고 덤벼드니까, 금방 늘잖아? 태희 엄마 말로는 과학고를 생각한다고 하던데, 넌 왜 그런 욕심이 없냐?"

할머니가 그런 식으로 타박을 하자, 희채는 더욱 짜증이 나면서

"할머니, 제 인생 제가 알아서 할 테니 걱정 마세요!"

하고 소리치고 싶은 것을 가까스로 참아냈다. 이제는 할머니하고 식탁에 앉는 것도 싫었다. 희채는 최대한 빨리 밥을 먹고 일어나버렸다. 그러면 할머니는 치매 때문에 하루에도 정신이 수십 번 오락가락하는 쫑을 끌어안고는 또 잔소리를 하였다.

"그렇게 밥을 먹는 둥 마는 둥 하니 살이 찔 리가 있겠냐? 제발 좀 많이 먹어라!"

태희의 성적이 수직 상승한 것을 부정할 수는 없지만 이제 간신히 전교 10등 정도의 성적이었다. 특히 전교 1, 2, 3등을 하는 아이들은 거의 난공불락의 요새와 같았다. 그들 중에는 해외 유학파도 있었고, 한울이처럼 천재형도 있었고, 죽어라고 공부만 들이파는 노력형도 있었다.

1학기 중간고사가 끝나자 태희는 그런 현실을 솔직하게 인정하면서 지친 눈빛을 드러냈다.

"공부 좀 해볼까 하고 덤빌 때는 별로 스트레스도 없었고 두

려움도 없었어. 근데 3학년 되면서 엄청 스트레스 받아. 가끔은 내가 미쳤나 하는 생각도 들고. 갑자기 비행기 기장이 되고 싶었고, 그 하늘을 날면서 고래고래 노래하고 싶었고, 어린왕자를 쓴 작가처럼 어디론가 날아가 버리고도 싶다는 생각이 들었고, 근데 비행기 기장이 되기 위해서는 공부를 잘해야 하잖아? 그래서 덤벼봤는데, 솔직히 벌써 지쳐가고 있다!"

희채는 그런 녀석의 등을 어루만져주고는

"난, 네 여친인 박소연의 힘인 줄 알았는데…… 암튼, 힘내라. 그래도 넌 경이롭다! 공부하고는 담 쌓고 살던 놈이 그렇게 변할 줄이야! 솔직히 네가 부럽다!"

하고는 애써 웃어주었다. 태희는 할머니만큼 깊은 한숨을 뱉어냈다.

"모르겠다! 3학년 되니까 뭔지 모를 불안감 같은 것들이 자주 생기고 그래. 물론 첨에는 소연이랑 이야기하다가 나도 모르게 비행기 기장이라는 말이 나왔어. 근데 요즘은 경찰이 되고 싶다는 생각이 들어. 형사 말이야. 며칠 전에 소연이랑 영화 한 편 봤는데, 거기서 악질 사이코패스를 추격하는 형사 이야기가 나오더라. 그걸 보자, 히히히, 난 왜 이러냐? 꼭 초딩 같지? 초딩 때는 아무런 생각이 없었는데, 요새는 그렇게 맨날 생각이 바뀐다. 근데, 내가 그런 말을 하면 소연이는, 그게 당연한 거 아냐, 하고 받아줘. 그래서 내가 걜 좋아하는 거야."

희채도 태희의 솔직한 모습이 좋았다.

할머니는 희채의 방 벽에 붙어 있는 여자 그림이 연예인이 아니라 샘내 2리에 사는 여자아이라는 것을 잘 알고 있었다. 비록 희채한테는 노골적으로 유리에 대한 말을 하지 않았지만 태희만 보면 유리가 얼마나 공부를 잘하는지, 어떤 아이인지 꼬치꼬치 캐물었다.

희채도 그걸 알고 있었다. 그렇다고 유리의 얼굴 그림을 치우고 싶지는 않았다. 대신 할머니가 원하는 대로 따라가려고 애를 썼다.

할머니는 태희 엄마를 따라다니면서 영어와 수학 과외까지 잡았다. 태희 엄마는 할머니한테 엄마 노릇을 해야 한다고 몇 번이나 강조했고

"지금은 부모가 투자한 만큼 성적이 나온답니다. 그러니까 성적이란 만들어지는 것이지요. 희채 아빠 때하고는 달라요. 그때는 개인이 노력한 만큼 나왔지만 지금은 어림없어요. 그러니 저만 믿고 따라오십시오. 우리 동네에서 과학고 두 명 보내 보자고요. 거기만 가면, 학교에서 다 알아서 해준다는 것 아시죠? 여기 과학고 가려고 서울에서도 전학 온다는 것을요."

그런 말을 희채 앞에서도 무시로 쏟아냈다. 그러니 평생 농사만 짓고 살아온 할머니가 당황하면서

"난 못하겠네!"

하고 물러설 만도 하건만, 놀랍게도 할머니는 서울 강남의 극성 엄마들 못지않게 변해가려고 작정한 모양이었다.

예년 같았으면 아재네 블루베리 농장에 가서 일을 하거나 공공근로를 얻어서 길가에 쓰레기를 줍거나 샛강 길 가꾸는 일을 했을 테지만, 할머니는 그런 것마저도 놓아버리고는 날마다 태희 엄마를 따라다녔다. 그건 정말 놀라운 일이었다. 심지어 학교 학부모총회 때도 얼굴을 내밀었고, 각종 고등학교 진학 설명회에도 나타났다.

유리야, 진짜 돌아버리겠다!

우리 엄마가 할머니의 모습으로 변해서 나타난 게 아닌가 하는 생각도 가끔 들 정도야.

집에서 혼자 크로키 북에다 긁적거리기만 해도 어떻게 알았는지 그 쫑을 앞세우고 나타나서 그림 그리지 말고 공부하라고 잔소리 하니, 진짜 환장하겠어.

게다가 치매가 오락가락한 쫑이란 놈은 나만 보면 어찌나 짖어대는지…….

희채의 하소연이 적힌 편지를 받은 유리는 정말 할머니가 단단히 마음을 먹은 것 같다고 했다. 이제 할머니는 단순한 시골 노인이 아니라는 뜻이었다.

우리 엄마도 마찬가지지만, 어른들은 뭔가 한 번 그것이 옳다고 작정하면 다른 것들을 인정하지 않더라.

우리 엄마는 완전히 결정했어.

내년 초에 베트남으로 가시기로. 내가 그 어떤 말을 해도 소용없더라.

그치만 희채야, 말은 해야 할 것 같아. 너도 할머니한테 말을 해. 네 입장을 당당하게 밝히라고. 난 그게 중요하다고 생각해.

넌 그림 그리고 싶잖아? 그럼, 그런 말을 해야지.

난 희채가 예고에 갔으면 좋겠어.

희채도 예고에 대해서 고민하지 않은 것은 아니었다. 희채가 그림을 좋아하는 것도 사실이었다. 그러나 그림을 미래의 직업하고 연결을 지을 때마다 자신이 없었고 불확실한 전망까지 생각하다 보면 스스로 고개를 흔들기 마련이었다.

유리의 편지를 받고 나서는 더욱 혼란스러웠다. 진짜 자기가 그림을 그리고 싶어 하는 것인지, 아니면 할머니의 잔소리를 듣기 싫어서 도피처로 여기는 것인지. 그럴 때마다 희채는 태희가 부러웠다. 영화를 보고 나서 형사가 되고 싶다는 생각을 했다는 태희처럼 자기도 뭔가 변하고 싶은데, 그게 맘대로 되지 않았다. 아, 답답했다.

올해도 학교 축제가 열렸다. 이번에는 유리의 모습이 보이지 않았지만 어느 날 이상한 소문이 돌았다. 유리가 수학 선생님한테 성추행을 당했다는 소식이었다. 희채는 그 소문을 들은 날 저녁 늦게 유리를 만났다.

유리는 자꾸만 마른세수하듯이 얼굴을 손으로 문질렀다.

"여자란 곤충 같아. 남자들은 모르겠지 하고 그러는데, 다 알아. 다 느껴져. 곤충의 더듬이 같은 것이 여자들 몸속에는 있거든. 다만 표현하지 않을 뿐이야. 어제 교실에서 수학 선생님을 만났는데, 아는 체하면서 다가오더니, 내 엉덩이에다 자기 몸을 밀착시키고 살짝 끌어안는 거야. 아마 그게 처음이었으면 내가 그냥 넘겼을지도 몰라. 근데 그게 처음이 아니야. 벌써 몇 번째라서 나도 이번에는 참아서는 안 된다고 생각했어. 그래서 내가 '샘!' 하고 일부러 크게 소리치자, 일부러 그런 것 아니라고 하면서 오히려 나한테……."

희채는 저도 모르게 주먹을 힘껏 쥐었다. 당장이라도 수학 선생님한테 달려가서 따지고 싶었다.

희채가 그렇게 말하자 유리가 턱을 낮게 잡아당기고는

"히히히, 진짜 고마워. 내가 사과하라고 했는데, 샘은 오히려 화를 내고는 나한테 야단을 치는데……. 낼까지 기다리고, 사과 안 하면 이 문제를 공론화시킬 거야. 그러면 도와줄 거지?"

하고 쳐다보았다. 희채는 당연하다고 고개를 끄덕거리면서 수학 선생님이 사과할 것이라고 생각했다. 안타깝게도 희채의 예상은 빗나갔다.

다음날 유리는 학교에 가자마자 교장실이며 교감실로 불려 다녔다.

"아무것도 아닌 일을 네가 부풀리고 다녀서 학교가 시끄럽다. 네가 잘 해명해라. 수학 선생님은 너 같은 딸을 둔 부모님 같은 분이야. 그러니 널 보고 그런 맘으로 스킨십 같은 것을 할 수도 있는 거야!"

그런 식으로 오히려 유리를 혼냈다는 말을 들은 아이들은 분노하기 시작했다.

그날 점심 때 학교 회장인 한울이 이름으로 수학 선생님을 규탄하는 대자보가 학교 곳곳에 붙었다. 선생님들이 부랴부랴 대자보를 떼어내고 오후 수업을 자습으로 돌리면서 긴급 회동에 들어갈 정도로 분위기가 무거워졌다. 그런데도 희채는 할 수 있는 것이 없었다. 고작해야 다른 아이들처럼 수학 선생님을 욕하면서 분노하는 것뿐이었다.

한울이를 비롯하여 학교 학생회 임원들이 대책위원회를 구성했다는 소식이 아이들 휴대폰을 통해 퍼졌다. 희채는 발 빠르게 나서는 한울이가 고마우면서도 한편으로는 그가 싫었고, 여친의 일에 전혀 끼어들 수 없는 자기 자신의 무능함이 너무 미웠다. 희채는 처음으로 자기가 공부를 잘해서 학교 회장이 되었으면 얼마나 좋았을까 하는 생각을 했다. 그래서 그런지 유리한테 너무 마음 상하지 말고 힘내라는 메시지를 보낼 때도 기운이 없었다.

유리한테는 답장이 오지 않았다. 몇 번이나 통화를 시도했다. 유리의 휴대폰은 아예 꺼져 있었다. 그런 희채를 놀리는 건지

"야, 너 유리 한울이한테 뺏기겠더라. 나 오늘만 해도 유리랑 한울이가 쌍쌍바처럼 붙어다니는 것을 열 번도 넘게 봤다. 학교 앞에 있는 카페에서도 봤고."

태희가 히죽히죽 웃어대자 희채는 괜히 짜증이 나면서

"시끄러워 새끼야!"

버럭 소리를 질렀다.

그 다음날 한울이가 교문 앞에서 1인 시위를 하였다. 수학 선생님은 모든 학생들에게 사과하라는 글이 적힌 작은 피켓 하나를 가만히 안고 있었다. 그걸 보자 또 희채는

"왜 난 저런 생각을 못했을까?"

하는 자괴감마저 솟아올랐다.

희채는 아무것도 하기 싫었다. 집에 와서도, 학원에 가서도, 그리고 과외를 받으면서도.

1주일 만에 그 사건은 마무리되었다. 수학 선생님이 사과를 한 모양이었다. 희채는 그 과정을 신경 쓰지 않으려고 했다.

유리한테는 아무런 연락이 오지 않았다. 여전히 통화가 되지

않았으니, 그 1주일간 유리한테 어떤 일이 벌어졌는지 알 수가 없었다. 유리가 야속하기도 했고, 태희의 말처럼 진짜 한울이랑 가까워졌나 하는 생각도 들었다. 설령 그렇다고 할지라도 이렇게 아무런 말도 없이 끝낸다는 것은 있을 수 없는 일이었다.

처음으로 희채는 유리라는 이름을 들먹이면서 거칠게 욕을 하기도 했고, 어쩌면 우리는 애초부터 맞는 사이가 아니었다고 마구 소리쳤다. 어쨌든 그 어떤 식으로 생각을 해도 찝찝했다.

희채는 자기 방에 붙어 있는 유리의 그림을 다 뜯어서 찢어 버렸다. 공책이나 크로키 북에 그려져 있는 유리의 그림들도 남김없이 찢어버렸다. 그럴수록 유리는 더욱 떠올랐다.

그런 일 때문인지 어쨌는지 모르겠지만 희채는 기말고사에서도 성적이 전혀 오르지 않았다. 오히려 몇 계단 아래로 추락했다. 태희는 전교 4등까지 치고 올라갔다. 놀라운 성적이었다. 태희 엄마는 식당으로 마을 어르신들을 초대한 다음 한바탕 아들 자랑을 하였다.

그날 밤 할머니는 집에 오자마자 희채의 성적을 들먹이면서

"오르지는 못할망정 이게 뭐야? 대체 넌 정신을 어디다 두고 다니냐? 이놈아, 할머니가 오죽하면 이러겠냐? 넌 할머니만 죽으면 혼자 살아야 해. 그래서 할머니가 말년에 이렇게 손자한테 오냐오냐 하고 받아주지도 못하고 모질게 이러는 것이다!"

잔소리 타령을 하기 시작했다. 희채는 화가 나서 대체 성적

을 어떻게 알았냐고 묻자, 그것도 태희 엄마가 알려줬다고 했다. 순간 희채는 태희를 떠올렸고,

"이 새끼 만나면 가만두지 않을 거야!"

하고 이를 갈았다. 그러거나 말거나 할머니는 작정했는지 희채가 나가지 못하도록 문 앞을 딱 막아선 채로 잔소리를 퍼부었다.

"어디 말 좀 해봐라. 너 대체 어떻게 살려고 그러냐? 네가 태희처럼 보살펴주는 엄마가 있냐? 아빠도 널 보살펴줄 수 없잖아! 할머니는 곧 귀신이 될 사람이고……. 그럼 죽어라고 공부를 해야지, 그 쓰잘데기 없는 그림만 그리고……."

차라리 할머니가 매를 때렸더라면 그렇게 힘들지는 않았을 것이다.

희채는 두 손으로 귀를 막았다. 그래도 할머니는 말을 멈추지 않았고, 아무리 힘껏 귀를 막아도 그 나이든 입에서 나오는 목소리는 나무의 실뿌리처럼 희채의 고막으로 파고들었다. 미쳐버릴 것만 같았다. 할머니의 구리줄 닮은 목 심줄은 팽팽했으며, 툭 불거져 나온 눈동자는 이글이글했다. 그 순간 할머니의 눈이 장승을 닮았다는 생각이 들었고, 그래서 어떻게 해서든 도망치려고 두리번거리는데, 할머니 뒤에 앉아 있던 쫑이 무섭게 으르렁거렸다. 환장할 노릇이었다.

할머니는 더욱 집요하게 희채를 노려보았다.

"이놈아! 오늘 동네 사람들이 뭐라고 하는 줄 알아? 넌 벌써부터 연애질이나 하기 때문에 글러 먹었대. 네가 저 아랫마을 그 베트남 여자 딸이랑 날마다 놀아난다고……. 이놈아, 넌 정신을 차려도 살 둥 말 둥 한 처지인 걸 알아야 해. 왜 벌써부터 연애질을……. 안 그래도 학교에서 선생님한테 꼬리쳤다고 소문이 자자한 그 가시내를……. 에라 이 미친놈아, 정신 차려!"

하고 할머니가 목소리를 높였다. 순간 희채는 한울이랑 같이 걸어가는 유리를 떠올렸고, 다음 순간 저도 모르게

"그래서요? 그래서 어쩌라고요? 할머니, 그래서 어쩌라고요오!"

하고 소리를 질렀다. 그 소리가 얼마나 컸는지 집 안에서 그 메아리가 울리는 것 같았다. 할머니는 입을 벌린 채 그대로 굳어버렸고, 품에 안겨 있던 쫑이 다시 제정신을 차렸는지 맹렬하게 희채를 꾸짖듯이 짖어댔다.

"에이 씨이, 진짜 미쳐버릴 것 같애! 저 신경 쓰지 마세요. 제가 다 알아서 할 게요! 제발 절 가만히 좀 놔두세요!"

희채는 거기까지만 기억이 났다. 가슴속에 쟁여져 있던 말들을 마치 거대한 둑이 터지듯이 쏟아낸 것은 분명한데 무슨 말을 했는지 다 기억나질 않았다.

할머니는 아무런 말도 하지 못했고, 희채는 열려진 문틈으로 나왔다.

그날따라 밖은 캄캄했다. 밤안개가 마을을 집어삼킨 상태였다. 희채가 좋아하던 안개였지만, 오늘은 다른 때와 달리 안개가 파랗게 보였다. 뭔가 거대한 괴물의 눈 같았다. 희채는 그 안개 속으로 뛰어나갔다. 달리다 보니 샘강가에 와 있었다. 유리랑 자주 들렀던 그곳, 재희 형이 식당을 짓겠다고 미리 사두었다는 그 모래톱이었다.

희채는 그곳에 앉아서 마구 돌팔매질을 하였다.

은연중에 죽음이라는 단어를 떠올렸다. 희채는 그런 생각을 하게 될 줄은 꿈에도 몰랐다. 그런데 '죽고 싶다'는 말이 그리 생소하지 않은 걸 보면 무의식중에 그런 생각을 자주 했을지도 모른다. 희채는 차라리 풀잎이나 나무라면 얼마나 좋을까, 하는 생각도 했다. 그러면 이런 고민도 하지 않을 것이며, 이렇게 아파하지 않았을 것이다. 자존심이 있고 꿈이 있는 인간이기에 이런 고통을 당한다고 생각하니, 정말 풀과 나무들이 부러웠다.

그렇다고 죽을 자신은 없었다. 그렇다고 이대로 살고 싶지도 않았다. 알에서 나오자마자 삶의 의욕을 갖고 몸부림치는 참새 새끼처럼, 무엇인가 몸 안에서 꿈틀거리기 시작했다. 그래, 살아 있기 위해서는, 앞으로 살아가기 위해서는 뭔가 변화가 필요하다고 입술을 깨물었다.

희채는 유일한 보호자가 할머니라는 것을 알지만, 지금은 견딜 수가 없었다. 희채는 할머니의 바람대로 살아갈 자신이 없었다. 희채는 혼자가 되고 싶었다. 어차피 혼자 살아가야 한다면 조금이라도 더 빠른 것이 낫다는 생각도 들었다. 그것이 할머니한테 도움을 주는 것이라고. 희채가 떠나기만 하면 할머니는 평범한 시골 노인들처럼 마을회관이나 오락가락하면서 달달한 믹스커피를 간식 삼아 여생을 즐길 수 있을 것이다.

희채는 다시 집으로 와서 비상금을 챙겼다. 그리고는 거실로 나오는데 할머니랑 같이 방에서 자고 있어야 할 쫑이 나와서

"이놈아! 너 어디 가려고 그래!"

하고 짖어대는 것 같았고, 희채는 급하게 현관문을 열고 나갔다.

"희채야! 희채야!"

쫑의 목소리가 끈질기게 따라왔다.

희채는 마을을 벗어나 시내 쪽으로 달리기 시작했다. 시내로 갈수록 안개는 점점 옅어졌다.

그동안 희채가 살아온 수많은 시간처럼 수많은 차들이 옆으로 스쳐갔다. 묘하게도 신도시의 수많은 아파트 불빛들이 보이자 희채는 안도감 대신 두려움이 밀려오기 시작했다. 어쩌면 희채가 앞으로 살아가야 할 곳은 그런 곳이었다. 희채는 마구 소리를 질렀다.

"할머니, 걱정 마세요! 난 살아갈 수 있어요! 더 이상 아빠 도움도 받지 않을 것이고, 내 맘대로 살 거예요! 성공하기 전에는 절대 돌아오지 않을 거예요. 두고 보세요! 두고 보라고요!"

소리 지르면 지를수록 마음속 가득 웅크리고 있던 두려움이 사라졌고, 할 수 있다는 자신감과 묘한 오기가 발끝에서부터 거슬러 올라오기 시작했다. 그런 감정을 느껴 보기도 처음이었다. 살아오면서, 희채는 자기 몸 안에서 뭔가 할 수 있다는 생각이 들끓어 보기도 처음이었다. 희채는 자기 몸속에 그런 감정이 싱싱하게 살아 있었다는 사실이 믿어지지 않을 정도였다.

희채는 마치 어떤 최면에 걸린 것처럼 더 크게 소리 질렀다.

"유리야, 잘 살아라! 잘 살아라! 잘 살아!"

최근에 유리를 미워했던 감정도 사라졌다. 아, 소리친다는 것이 이렇게 좋을 줄은 몰랐다. 목 심줄이 끊어져라 소리치면 칠수록 마음이 가벼워졌다.

더듬어 볼수록 유리는 참 좋은 친구였다. 희채한테 유리만큼 잘해준 사람은 없다. 그러면 됐지 무엇을 더 바라는가.

"유리야, 그동안 고맙다! 잘 살아라!"

낯익은 곳들이 나타났다. 학교보다 더 많이 드나들었던 학원 건물이 눈에 들어왔을 때는 저도 모르게 걸음이 늦추어졌고, 유리랑 드나들었던 영화관이며 카페, 음식점들이 스쳐갔다. 희채는 슬그머니 눈을 감았고, 어차피 지나고 나면 다 과거 속에

묻힌다고 중얼거리면서 그런 풍경들을 떨쳐냈다.

어느새 떠오른 달은 도시의 하늘 위에서 은빛 가루를 뿌리고 있었다. 희채 앞으로 달빛이 만들어 준 그림자가 생겼다. 희채는 나약하기만 했던 또 하나의 자기 존재인 그림자를 밟으면서 걸었다.

그렇게 가다 보니 버스 터미널 불빛이 눈앞에 아른거렸다.

작은 땀구멍 속에서 나온 땀방울은 작은 도랑을 이루면서 몸 구석구석으로 흘러내렸다. 순간적으로 희채는 흠뻑 비를 맞은 마당가의 꽃밭이 떠올랐다. 차라리 몸이 그렇게 꽃밭이 되어버렸으면, 채송화랑 봉숭아가 자라는 흙이 되어버렸으면 좋겠다는 생각이 들었다.

희채는 거대한 쇼핑몰 회사랑 한솥밥을 먹고 있는 버스 터미널 횡단보도 앞에서 한숨을 몰아쉰 다음 건너가려다가, 누군가 어깨를 툭 치자 "헉!" 하고 소리치면서 돌아섰다.

아재였다. 순간 도망칠 엄두도 내지 못하고 고개를 떨궜다. 아재가 희채의 어깨를 툭툭 쳤다.

"이놈의 자식, 순한 줄만 알았더니……."

아재는 근처를 두리번거리더니 24시간 영업을 한다는 식당을 발견하고는 희채한테 눈짓했다. 고기 굽는 냄새가 오늘 따라 역하게 풍겼다.

막상 아재를 보자 희채는 자꾸만 눈시울이 뜨거워졌다.

"여기 돼지갈비에 소주 한 병 주세요!"

아재는 주인 여자가 가지고 온 소주병을 땄다.

"너도 한잔 해라."

희채가 가만히 있자, 아재는 잔을 희채 앞으로 내밀었다.

희채는 엉거주춤 술잔을 받았다. 처음으로, 어른한테 받는 술잔이었다. 술잔으로 눈물이 몇 방울 떨어졌다. 아재는 술만 따라주고 아무런 말도 하지 않았다. 고기가 구워졌다. 아재가 희채한테 먹으라고 했다.

희채는 고기 한 점을 입에 넣고 질겅질겅 씹고 있었다. 자꾸만 속울음이 목구멍으로 차올라 고기를 삼키려고 해도, 아무리 목에다 힘을 주어도 넘어가지 않았다.

아재는 술잔을 비우고 나서야 입을 열었다.

"괜찮다! 괜찮아!"

뜻밖이었다.

아재는 누구보다 희채네 집 사정을 잘 알고 있었고, 그래서 실질적으로 아버지를 대신할 수 있는 유일한 어른이었는지라 호되게 꾸짖을 줄 알았다. 그런데 아재는 그 말만 하고는 희채가 울먹울먹 술잔을 비우고 일어날 때까지 한마디도 더 보태지 않았다.

아재는 태희네 식당에서 밥을 먹다가 할머니의 전화를 받았고, 급하게 재희 형의 오토바이를 타고 왔다고 하였다. 희채는

24시간 편의점 앞에 세워져 있는 오토바이를 보는 순간 저도 모르게 주위를 몇 번이나 두리번거렸는지 모른다. 근처 어디선가 재희 형이 나타나서

"오 마이 갓! 샌님 같은 희채가 가출을 시도했다고? 이 자식이 미쳤나!"

그러면서 뒤통수를 후려칠 것만 같았다.

희채는 얼른 아재가 탄 오토바이 뒤에 올라탔다.

"죄송해요, 아재."

희채가 가까스로 그 말을 흘리자, 아재는 거의 혼잣말에 가깝게 읊조렸다.

"괜찮다. 너무 걱정 말고……."

희채가 신경 쓰고 들어야만 들리는 목소리였다. 딱 거기까지였다. 아재는 더 이상 말을 하지 않고 오토바이를 출발시켰다.

희채는 아재의 등을 꽉 잡았다. 순간 멎었던 눈물이 다시 왈칵 솟구치면서,

'아재 같은 어른이 되고 싶어요, 아재 같은. 이렇게 누군가 뒤에서 안을 때 아무런 불안을 느끼지 않는 그런 어른이 되고 싶어요.'

하고 마음속으로 얼마나 소리쳤는지 모른다.

희채는 생에 처음으로, 나중에 어떤 사람이 되고 싶다고 마음속에 있는 또 다른 자신에게 고백했다. 정말 아재 같은 사람

이 되고 싶다. 그런 생각을 하면 할수록 마음이 든든해지고, 무작정 어디론가 달아나고자 했던, 정말 아무런 대책 없이 어디론가 피하려고 했던 자기 자신이 아주 작게 느껴졌다.

희채는 아재의 등에다 얼굴을 기댔다. 그렇게 눈을 감고 아재의 흔들림에, 아니 재희 형이 타고 다니던 오토바이의 흔들림에 몸을 맡겼다. 편안했다.

희채는 유리가 여자 친구인 것이
늘 자랑스러웠고

희채는 커지고 싶었다. 몸이 아니라 마음이 커져야 한다. 그래서 애써 이겨낼 수 있다고 아재 등에다 속삭였으며, 먼 훗날 더 좋은 모습으로 모든 사람들 앞에 서겠다고 입술을 꽉 깨물었다.

아재가 모는 오토바이 앞에서 강바람이 거칠게 불어오고 있었다. 희채는 고개를 들고 그 바람을 맞았다. 바람이 얼굴에 흐르는 눈물을 깨끗하게 씻어 주고 있었다.

희채가 집으로 돌아오자 할머니는 아무런 말이 없었고, 오늘따라 더욱 말라 보이는 쫑이

"이 나쁜 놈아! 어서 할머니한테 잘못했다고 빌어!"

하고 소리치듯이 맹렬하게 짖어댔다.

희채는 그런 쫑이 고마웠다. 쫑마저 아무런 말을 하지 않았다면, 그 집 안에서 맴돌고 있는 침묵 때문에 숨이 막혀 죽었을 것이다. 그래서 희채는 쫑이 자기 방에다 오줌까지 쌌는데도 전혀 신경 쓰지 않았다.

할머니도 그런 쫑을 달래지 않았다. 쫑은 그런 할머니의 마음을 알았는지 지치도록 희채한테 소리치고 나서야 잠이 들었다. 그제야 할머니는

"그놈의 성질머리는 네 엄마를 닮았구나! 네 아빠는 아직까지 한 번도 할머니한테 말대꾸하거나 성질낸 적이 없었는데……."

하고 정수기에서 물을 받아마셨다.

희채는 할머니한테 죄송하다고 말하고 싶었는데 이상하리만큼 그 말이 목구멍에서 올라오지 않았다. 아무리 애를 써도 그 말을 뱉어낼 수가 없었다. 이런 경우도 처음이었다.

그래서 희채는 몇 번 헛기침을 했고, 역시 일어나서 정수기 찬물을 받아 마시다가 그만 엎드려서 흑흑 울기 시작했다. 그것도 전혀 예상하지 못했던 행동이었다. 그런데 그렇게 울어버리자 묘하게도 마음이 편안해졌다.

소금쟁이 걸음으로 다가온 할머니가 희채의 어깨를 다독이기 시작했다.

"사람이란 나이가 들어도 제대로 판단을 못할 때가 많단다.

어서 자거라. 피곤하겠다."

할머니가 방으로 들어가자 희채는 침대에다 몸을 던졌다.

수많은 얼굴이 스쳐갔다. 이제 중학교 3학년인데도, 제법 많이 살았다는 생각이 들었다. 그만큼 많은 사람들이 떠올랐다. 희채는 그 사람들도 다 자기와 같은 시기를 거쳐 갔을 것이라고 중얼거렸다.

그리고 눈을 감자 또렷하게 떠오르는 얼굴이 있었다. 엄마나 아빠가 아니었다. 유리였다. 희채는 다시 불을 켜고 A4용지를 꺼냈고, 가장 정성을 다해서 떠오르는 꽃들의 이미지를 연필로 스케치한 다음 편지를 쓰기 시작했다.

유리야, 안녕? 너무 오랜만이다.

너 우리 아재 알지? 난, 아재 같은 사람이 되고 싶어. 정말 그러고 싶어. 아재 같은 사람, 위인전에 나오는 그 어떤 사람들보다 훌륭하신 분이라고 생각해.

나 오늘 가출하려고 했어. 몰라, 순간적으로 뛰쳐나갔고, 터미널까지 갔다가 아재한테 잡혀왔어.

근데 아재가 모는 재희 형 오토바이를 타고 오는데, 참 기분이 이상했어. 뭔가 몽롱해지면서 내가 살아온 지난 시간들이 쭉 떠오르더라.

순간 이거 마법의 오토바이인가? 그래서 재희 형이 이것 타고 다니다가 정신 차리고 이태리로 간 게 아닌가? 뭐 그런 생각도 들었고. 꼭 재희 형이 나를 위해서 그 오토바이를 놓고 간 듯한 느낌도 들었고.

암튼 나도 오토바이를 타고 싶다는 생각도 들었어.

이제 전동 휠 대신 오토바이를 탈 나이인가?

오랜만에 쓰는 편지인데, 오늘만큼은 네 안부도 물을 수가 없어, 그동안 너도 힘들었을 텐데, 그 힘들었던 시간들을 물을 수도 없어. 그래도 오늘은 그냥 이렇게, 내 말만 하고 싶어.

희채는 처음으로 우체국에 가서 편지를 부쳤다.

다음 다음날 유리한테 전화가 왔다. 저녁 9시쯤 샘강 길에서 만나자고 하였다.

서쪽 하늘에 떠 있던 개밥바라기 별이 집으로 돌아갈 무렵 희채는 오랜만에 전동 휠을 타고 자전거 길로 나가서 유리를 만났다.

유리는 머리를 거의 남자처럼 짧게 잘랐다. 그래서 그런지 유리는 더욱 야위어 보였고, 전동 휠을 타고 아무리 빨리 달려도 머리카락이 날리지 않았고, 그래서 너무너무 안쓰러웠다.

유리는 희채를 보자마자 환하게 웃었으나 그 웃음조차 희미하게 느껴졌다. 희채는 마음이 편안하지 않았다.

"오랜만에 한번 달려보자!"

유리는 그렇게 말하면서 전동 휠의 속력을 올렸다가 이내 속도를 줄였다. 아무리 빨리 달린다고 해도 전동 휠의 속도가 지쳐 있는 자신의 마음을 달랠 수 없음을 아는 것 같았다. 순간 희채는 재희 형의 그 오토바이가 간절하게 떠올랐다.

유리는 그동안 연락을 못해서 미안하다고 했다. 그리고는 나무의자를 보자마자

"아이고 힘들다!"

하고 털썩 주저앉았다.

"희채야, 그래도 이 말만은 꼭 하고 싶어. 그동안 널 가장 많이 생각했어."

희채는 그 말을 믿는다는 표정으로 고개를 끄덕였다.

"나도 그렇게 힘들 줄 몰랐어. 난 아무 잘못한 것도 없는데, 어른들은 내가 수학 선생님한테 꼬리쳤다는 식으로 반응했거든. 특히 작은아빠가……. 엄마도 내가 처신을 잘못해서 그런 것 아니냐고 했고, 그래서 너무 화가 나서 엄마랑 싸우다가 핸드폰을 팽개쳤는데 그대로 망가져버린 거지. 그러니 너한테 연락을 하고 싶어도 할 수가 없었고, 게다가 몸까지 아프기 시작했어. 밥도 먹을 수 없고, 어지럽고, 잠도 못 자고. 그래서 병원에 입원했어. 퇴원한 지 며칠 안돼."

"아, 그랬구나! 난 그것도 모르고. 괜히 질투만 하고."

"히히, 질투했다고? 그 말 들으니 기분이 더 좋다! 그만큼 네

가 날 좋아한다는 뜻이잖아? 사실 한울이도 널 많이 질투하거든. 내가 말했어. 너랑 사귄다고. 그러자 이렇게 말하더라. '그래도 친구는 할 수 있잖아?' 하고. 난 당연히 그렇다고 했지. 그러면서 이러더라. 희채 그놈은 참 신비로운 놈이라면서, 그래서 상대하기가 쉽지 않다고. 난 그 말 듣고 기분이 좋았고……."

희채는 유리가 자기 여자 친구인 것이 늘 자랑스러웠다. 그렇다면 유리도 그렇게 생각할까, 한 번 물어보고 싶은 것을 꾹 참았다.

언제부턴지 몰라도 유리가 희채의 왼쪽 손을 꼭 잡고 있었고, 한참 있다가 가만히 머리를 희채의 어깨에다 기댔다.

희채는 혼잣말에 가깝게 말했다.

"나도 정말 힘들었어. 너한테 아무것도 해줄 수 없는 현실이…… 난 학생회 간부도 아니고, 그래서 대책위원회에 낄 수도 없고……. 그런 내 자신이……."

"희채야, 난 이번 일을 겪으면서 한울이가 진심으로 고마웠지만 그렇다고 해서 너에 대한 다른 생각을 해본 적이 없어. 그건 역할이 다른 거잖아? 난 그렇게 생각해. 만약 학생회에서 나서지 않았다면, 그때는 몰라. 그런 상황인데도 네가 나서지 않았다면 그때는 다르겠지만……."

"그렇기는 해도……. 그래도…… 그래, 지금은 몸이 어때?"

유리가 대답을 하지 않자 희채는 저도 모르게 노래를 불렀다. 〈phia sau mot co gai〉라는 베트남 노래였다.

"짱 못 아이 꼬 테 껀 등 짜이 띰 키 다 로 이우 로이, 등 아이 껀 응암 또이 쿠엔 또이 붕 쑤오이 비 이우 콤 꼬 러이……."

언제부턴지 유리도 그 특유의 허스키한 목소리를 흘리고 있었다.

"그래서 한 걸음 너의 뒤에서 네 모습 애틋하게 보면서…… 너의 곁에서 맴도는, 같은 길에 다른 맘이지만……. 멈출 수 없을 만큼 너를 사랑하는 나, 너를 사랑하는 일 누구도 날 막지 마……."

노래가 끝나자 유리가 희채를 보고

"야아, 넌 노래도 잘하네!"

하고 히히히 웃더니 가방에서 하얀 봉투를 끄집어냈다.

처음에는 편지를 주는 줄 알았다.

"이건 편지 아냐. 미안해. 네 의견을 묻지 않고 내가 학원에 가서 접수한 건데, 이렇게 해주고 싶었어. 미술학원 등록증이야. 예고 가려면 최소한의 준비는 해야 해. 내가 알아보니까, 예고는 내신 40%에다 실기가 60%이더라. 넌 성적은 그럭저럭 괜찮은 것 같고, 실기만 어느 정도 되면 되잖아? 실기는 정물 연필소묘랑 정물 수채화를 본다고 하더라."

유리는 자기가 몇 군데 알아본 학원 중에서 가장 소문이 좋은 곳이라고 하면서, 얼마 남지 않았으니까 무조건 열심히 해야 한다고 했다.

"이건 내가 너한테 선물로 주는 거니까, 무조건 받아야 해. 얼마 전에 네 생일이었잖아? 만약 안 받으면 너랑 더 이상 만나지 않을 거야."

희채도 유리가 말하는 미술학원을 잘 알고 있었다. 시내에 있는 수많은 미술학원 중에서 평판이 좋은 곳이었고, 특히 예고를 지향하는 중학생들을 많이 가르치고 있었다.

희채는 가슴이 먹먹해졌고, 뭔가 가슴에서 뜨거운 것이 울컥했다.

"난 너한테 아무것도 해준 게 없는데……"

"헤헤헤, 공짜는 아냐. 대신 시험 끝나고 나면, 내 그림 하나 그려줘. 그냥 네 맘대로, 여기 샘강이랑 내가 있는 모습을 네 맘대로 구상해서……. 너 생각나면 보게."

순간 희채는 유리를 꽉 쏘아보듯이 눈에다 힘을 주면서 그게 무슨 뜻이냐고 눈으로 물었다. 유리는 슬쩍 그 눈빛을 피하고는

"헤헤헤, 나도 엄마랑 같이 가기로 했어. 베트남으로."

하고 말했다. 희채는 유리한테 농담 함부로 하지 말라는 표정을 지었고, 유리는 역시 헤헤헤 웃으면서 그렇게 되었다고 목소리를 낮췄다.

"작은아빠는 여기서 학교 다니라고 했지만 싫다고 했어. 그게 맞는 것 같아. 그동안 나만 생각한 것 같아. 엄마도 꿈이 있는데, 너무 나만 생각했고, 그래서 엄마한테 자꾸 희생을 강요한 거야. 그게 틀린지 어쩐지 몰라도, 엄마는 지금 아니면 그꿈을 이룰 수 없어. 마지막 기회야. 베트남에 가서 선생님이 되는 것이. 근데 난 젊잖아. 그만큼 시간도 기회도 많잖아? 난 인류학 같은 것을 공부하고 싶어. 그래서 엄마랑 같이 베트남에 가서 고등학교는 다니고, 대학은 그때 가서 한국으로 올지 아니면 다른 나라로 갈지 결정할 거야. 어쩌면 나한테 더 좋은 기회일지도 몰라. 그동안 한국에서 살았으니까, 몇 년쯤 엄마 나라에 가서 살아보는 것도 좋은 일이잖아?"

희채는 유리의 이야기를 들으면 들을수록 그녀의 말에 설득을 당하는 것 같아서 자꾸만 머리를 흔들어댔지만 그렇다고 딱히 뭐라 할 말이 없었다. 다만 이런 경우를 전혀 생각해보지 않았기 때문에 당황스러울 뿐이었다. 정말 희채는 유리가 한국을 떠날 것이라는 생각은 한 번도 하지 않았다.

"내가 그렇게 결정하자, 이번에는 엄마가 난리 났어. 엄만 딸을 교육 환경이 좋은 한국에서 배우게 하고 싶겠지. 그래서 아빠의 유산 절반을 작은아빠한테, 베트남 쌀국수집 할 때 공동투자를 한 것이고, 변호사까지 참석시켜서 공동지분으로 한 거야. 그게 다 나 때문인데, 내가 그러자, 엄마도 베트남 안 가겠다고……. 그걸 설득시키는 데 정말 힘들었는데……."

희채는 더 이상 들을 수가 없었고, 어쩌면 자기한테는 한마디 상의도 없이 결정해버렸냐고 괜히 유리한테 꼬투리를 잡고 싶었다. 그래서 버럭 화를 내듯이

"왜 너 혼자 그렇게 결정했어? 그럼 난 뭐야!"

하고 소리쳤다. 그 소리가 너무 커서 자기도 당황했을 정도였다. 유리가 미안하다고 해도 희채는 마음이 풀리지 않았다.

"이건 말도 안 돼. 솔직히 난 너 때문에 다시 그림도 그리고……."

그런 말을 다시 하려니 희채는 이상하게도 혀만 꼬였다.

"희채야, 요새 베트남은 맘만 먹으면 언제든지 오고 가는 곳이야. 그리고 인터넷이 잘되니 날마다 화상 통화할 수 있고, 카톡되고, 뭐 다 되잖아. 그리고 대학 가면 다시 한국으로 올 수도 있고, 아님 다른 나라에서 만날 수도 있고, 지금처럼 연락하면서……."

"아, 씨이 그래도 답답할 때 만나서 하소연할 수도 없고, 이렇게 만나서 전동 휠을 탈 수도 없잖아?"

그렇게 하지 않으려고 했는데 막상 투정부리듯이 화를 내고 나자 희채는 자꾸만 마음속에서 무엇인가 녹아내리는 것만 같았다. 그것이 무엇인지 모르겠지만 만약 그것이 다 녹아내리고 난다면 희채는 자신이 감당할 수 없을 것 같아서, 일부러 손에

다 힘을 주고 더 이상 말을 하지 않으려고 했다. 그래서 은연중에 유리를 꼭 끌어안은 줄도 몰랐다. 유리가 더욱 힘을 주고 두 손으로 희채를 안고 나서야 자신의 심장이 크게 뛰고 있음을 알았고, 이른 봄날 얼음 밑으로 졸졸졸 흐르는 냇물소리처럼 들려오는 유리의 목소리를 들었다.

"희채야, 나도 무지무지 힘들고 두려워. 그래도, 그래도, 이게 최선이라고 생각하는 거야. 아무리 엄마의 나라라고 해도 나한테는……."

어찌된 일인지 몰라도 희채가 가출을 시도한 뒤로 할머니는 자주 몸이 아팠다. 일찍부터 감기라고 병원에 들락거리더니 하루는 회관에서 오다가 넘어져서 병원에 실려갔는데 허리 수술을 받아야 한다고 했다.

물론 할머니는 완강히 거절했고 결국 의사도 수술을 하지 않고 약물 치료로 최선을 다해보겠다고 했다. 할머니는 1주일 만에 몸을 일으켰고 퇴원을 했다.

희채는 할머니가 퇴원하던 날 예고에 가겠다고 했으며, 그러기 위해서는 미술학원에 다녀야 한다는 말도 덧붙였다. 할머니는 한마디도 묻지 않고 듣고만 있다가

"끙! 너 하고 싶은 거 하려면 몸이 건강해야지. 근데 몸이 더 마르니…… 이놈아, 제발 음식 가리지 말고 많이 좀 먹어라. 먹

어야 살도 찌고 건강하지."

그렇게 말하고는 일어났다. 희채가 뭐라 대거리할 틈도 주지 않았다.

미술학원에는 희채 또래의 아이들이 네 명 있었다. 그중에서 지후라는 여자아이가 희채랑 어느 정도 친해지자

"너도 미대갈 거지?"

하고 물었다. 희채는 얼른 대답하지 못했다. 아직 고등학교도 가지 못한 상태에서 그 다음 단계를 생각할 만큼 여유가 없기도 했고

"솔직히 몰라. 지금은 이것이 최선인 것 같아서. 하지만, 내가 예고에 간다고 해도 계속 그림을 그릴지 그건 모르겠어."

그렇게 말한 것처럼 희채는 자기 생각이 언제까지 변하지 않을지 알 수가 없었다. 그래도 솔직하게 말하고 나니까 다른 친구들하고도 편해졌다.

둥글둥글한 이파리를 펼치고 희채네 담을 텃밭 삼아 살아가던 호박잎이 무서리에 사그라지고, 마당을 따스하게 데우던 단풍잎도 하나둘씩 떨어졌다. 계절은 그렇게 변해가고 있었다.

하루는 아재가 미술학원에 올라와서 그림 그리는 희채 뒤까지 와 있었다. 희채는 뒤늦게 그것을 알고서야 당황하면서 일어나자

"이 근처에 왔다가 네 생각나서 왔다만……."

아재가 그렇게 말하면서 어서 나가자고 눈짓했다. 아재는 밖으로 나가자 근처를 두리번거리다가 햄버거를 파는 곳을 손가락질하면서

"나도 출출한데 저것이나 하나씩 먹고 가자."

하고 앞장섰다. 두 사람은 햄버거를 하나씩 시켜서 2층 창가에 앉았다. 아재는 희채보다 빠른 속도로 햄버거를 먹었다. 그리고 물까지 마신 다음에 불쑥 이렇게 말했다.

"희채야, 네 아빠가 어렸을 때 뭘 하고 싶어 했는지 알아?"

그걸 희채가 알 리 없었다. 아재는 희채의 말을 기다리지 않았고, 곧장 당신이 하고 싶은 말을 풀어놓았다.

"한번은 네 아빠가 날 찾아왔어. 그리곤 나한테 약간 시무룩한 표정으로 말하는 거야. 형님, 난 농대가고 싶어요, 하고. 희채야, 난 그 말 들었을 때 진짜 놀랐단다. 네 아빠는 우리 마을에서 가장 공부를 잘했고, 그래서 문중어른들도 크게 될 사람이라고 생각했단다. 근데 농대라니? 아빠는 농대에 가서 조경 공부를 하고 싶어 했지. 아빠는 어려서부터 풀과 나무에 대해서 많이 알았고, 집에다 예쁜 꽃 심는 걸 좋아했단다."

순간 희채는 늘 멀게만 느껴졌던 아빠가 자기 몸속으로 들어와 있는 느낌을 받았다.

"그랬구나! 그래서 내가 꽃을 좋아했구나!"

희채는 그걸 인정하지 않을 수 없었다. 그동안 희채는 꽃을 좋아하는 할머니를 닮은 줄 알았다.

"암튼, 그런 네 아빠의 마음을 알자 참 답답해지더라. 아빠가 날 친형처럼 따랐으니까 도와줬어야 하는데, 그게 맞나, 확신이 서질 않았단다. 그래서 도와주질 못했지. 어쨌든 우여곡절 끝에 아빠는 법대에 갔고, 사법고시 공부에 매달렸지. 근데 어느 날 고시원에 있어야 할 아빠가 불쑥 찾아와서 너무 힘들다고 울었어. 고시원에서 공부를 하는데 미칠 것 같았다고. 내가 왜 이런 공부를 하지, 하고. 그래서 뛰쳐나왔다고 하더구나! 그때서야 내가, 네 아빠한테 미안했단다. 나라도 지켜줄 걸, 그러지 못한 것이 참 미안했단다."

희채는 아재의 말을 들으면서, 줄곧 아빠를 떠올려보려고 애를 썼다. 분명 자기 유전자 절반을 차지하고 있는 사람이니까 아주 중요한 사람이지만, 희채는 어느새 아빠라는 존재를 거의 다 지워가고 있었다. 한 달 내내 아빠를 한 번도 생각하지 않을 때도 있었다. 그만큼 아빠는 희채한테서 멀어져버린 존재였다. 그런데 아재의 말을 듣다 보니 아빠는 늘 자기 근처에서 맴돌고 있다는 사실을 깨달았다.

"희채야, 너한테 아빠 생각하라고 이런 말 하는 거 아니다."

희채는 무슨 말인지 알겠다고 고개를 끄덕이면서

"네에!"

하고 힘주어 대답했다.

　희채가 가려고 하는 예고는 버스를 타고 2시간가량 가야 했다. 예비소집일에 유리가 그곳까지 동행해주었다. 그리고 저녁에는 유리 엄마가 하는 베트남 쌀국수집에 갔다. 유리의 엄마는 희채를 보자마자

"유리가 못생겼다고 하더니, 키도 크고 잘생겼구먼!"

　하고 농담부터 하였다. 희채는 유리한테 진짜 그런 말을 했냐고 쏘아보았다. 유리는 헤헤헤 웃다가 예전에는 못생긴 것이 사실이었다고 말해 놓고는

"하지만 요즘은 잘생겼어."

　그렇게 속삭여주었다. 희채는 유리 엄마가 편안하게 대해주는 것이 고마웠고, 만약 자기도 엄마가 있었다면 유리를 소개했을 것이라고 말했다.

　어쨌든 희채는 기분이 좀 묘했다. 여자 친구의 엄마한테 자신의 존재가 어떻게 비추어졌을지 궁금하기도 하고 긴장되기도 했는데, 그런 긴장감은 오롯이 자기 혼자 감당해내야 하는 무게였다. 유리 엄마는 꼭 합격하기를 바란다고 했고, 나중에 꼭 베트남에 놀러오라는 말도 덧붙였다.

　그날 밤 희채는 샘강 길을 걸으면서 유리한테

"엄마한테 나를 소개해줘서 정말 고마워. 그러니까 날 못생

졌다고 한 말은 용서해줄게."

하고 말했더니,

"실은 우리 엄마가 벌써부터 널 데려오라고 했어. 근데 내가 머뭇거리다가 이제야…… 그게 오히려 너한테 미안해."

그렇게 말을 하면서 한 걸음 앞서 걸었다. 희채는 유리의 그런 마음을 알 수 있을 것 같았고, 그래서 걸음을 재촉하여 뭐라고 말을 해주려고 했는데

"야, 니네는 지겹지도 않냐? 종일 붙어다녔을 텐데 지금까지 연애질이야!"

하고 앞쪽에서 태희가 전동 휠을 타고 왔다. 두툼한 옷을 입은 태희가 희채한테 무슨 선물상자를 주었다. 여기서 열어보지 말고 집에 가서 열어보라고 하면서.

태희가 준 상자에서는 초콜릿과 엿 그리고 강력 접착제가 나왔다. 태희는 그 강력한 접착제처럼 시험에 붙으라고 했고, 아울러 유리하고도 영원히 착 달라붙어서 서로의 미래에 민폐를 끼치라고 적어 놓았다.

시험 보는 날 새벽이었다. 태희 엄마의 차가 마당으로 들어왔다. 유리가 자기 엄마차를 타고 가도 된다고 했지만 이번만큼은 태희 엄마의 차를 타기로 했다. 어쨌든 지난 3년간 아침마다 태희랑 같이 그 차를 타고 다녔기 때문에 그렇게 매듭을

지어야 했고, 또한 이번 기회에 고맙다는 말을 꼭 하고 싶었다.

희채가 차에 타자마자 고맙다는 말을 꺼내자 태희 엄마는 까만 선글라스를 잠시 벗었다가 다시 끼고는

"네가 이렇게 탈 없이 자라준 것만 해도 고마운 일이란다. 진짜야. 그리고 우리 태희의 좋은 친구가 되어주어서 더더욱 고마운 일이고…… 자, 파이팅 하자!"

하고 갑자기 악수를 청했다. 엄마 같은 사람이랑 악수를 하는 것도 처음이었다.

묘하게도 고사장에 들어가서 의자에 앉자마자 태희 엄마가 힘주어 꼭 잡아주던 손이 잠깐 떠오르기도 했다.

실기시험이라는 것이 다분히 채점하는 사람들의 주관적인 평가가 중요하기 때문에 자신 있게 시험을 잘 봤다고 말할 수는 없어도, 희채는 나름대로 최선을 다했다는 말 정도는 유리를 비롯하여 태희랑 음새한테 보낼 수 있었다.

고사장을 나오자 걸음을 걸을 수 없을 정도로 허기가 쏟아졌다.

희채는 학교 앞 골목을 두리번거리다가 가장 눈에 크게 보이는 김밥집으로 들어갔다. 실내는 제법 컸고, 수많은 김밥이 있었다. 희채는 어묵이랑 치즈김밥을 시켰다. 떡볶이도 먹었다. 배가 터지도록 불러왔다.

그 포만감이 에너지로 변환되어 온몸으로 퍼져나가는 기분

이었는데, 어느 순간부턴지 배가 아프기 시작했다. 그때부터 희채는 당황하기 시작했고,

"내가 왜 이러지? 뭔가 잘못 먹었나?"

하고 중얼거리다가 거의 대책 없이 쏟아지려고 하는 설사에 당황하면서 주변 건물을 얼마나 들락거렸는지 모른다. 도시의 건물들은 낯선 이방인에게는 친절하지 않았고, 화장실마다 문이 잠겨 있었다.

다행스럽게도 주민자치센터를 발견했다.

희채는 그곳에서 얼마나 오랫동안 설사를 했는지 모른다. 위나 장 속으로 들어간 음식물을 다 게워냈다고 생각했을 즈음 설사가 멎었다. 가까스로 밖에 나오자 가늘게 빗방울이 떨어졌다. 바람도 강해지고 있었다. 그제야 어젯밤에 유리가 한 말이 생각났다.

"낼 오후부터 추워진대. 한파주의보가 내려질 거래. 너 목도리, 장갑 꼭 챙겨가는 것 잊지 마. 알았지?"

희채는 아무것도 챙겨오지 않았다. 새벽에 감지된 날씨만 믿고 다 무시해버린 것이다. 희채는 저도 모르게 몸을 떨었다. 몸 속이 텅 비어버린 것 같았다.

희채는 어둠이 깔릴 무렵 샘내동 가는 시내버스에 올랐다. 자리에 앉자마자 가슴이 답답했다. 좋지 않은 징조였다. 희채는 입을 꾹 틀어막고 페트병에 든 물을 마셨다. 숨을 쉴 때마다

배 속에 있는 창자들이 점점 꼬이고 있었다.

버스가 신호등에 걸릴 때마다 희채의 고통이 더욱 심했다. 희채는 아랫배를 움켜쥐고 입술을 깨물었다.

"제발, 버스야, 제발!"

아, 차에서 뛰어내리고 싶었다. 희채는 고개를 숙이고 몸부림치다가 자기 운동화를 보았고, 언젠가 운동화에다 토했던 기억을 떠올렸다. 저도 모르게 운동화를 벗었다. 하지만 아무리 토하려고 해도, 아무것도 나오지 않았다.

'아, 어쩌라고! 어쩌라고! 난 몰라, 이제 난 몰라!'

희채는 마음속으로 그렇게 부르짖었다. 이제 될 대로 되라고 운동화도 놓아버렸다. 그러자 어느 순간 뱃속이 고요해졌다. 희채는 순간적으로

"내가 죽었나?"

하고 자신의 볼을 꼬집어보기도 했다. 그러다가 슬그머니 웃었다.

어떤 고비를 넘고 나면 반드시 평온함이 밀려온다는 것을 처음으로 알았고, 그런 시간을 만끽하고 싶었다. 그러나 몸이 워낙 녹초가 된 상태라 조금도 움직일 수가 없었다.

희채는 눈을 감고 지나온 시간들을 떠올렸다. 이제 고작 열다섯, 아니 열여섯 살인데, 수백 년을 살아온 느낌이었다. 희채는 옆에 유리나 태희가 있었다면

"야, 니들도 그래?"

하고 물었을 것이다. 그런 생각을 하다 보니 캄캄한 차창 밖이지만 낯익은 샘내동 풍경들이 보이기 시작했다.

희채는 마을 버스 정류장에서 내렸다.

눈이 내리고 있었다. 밤하늘 가득 눈나비들이 날아다니고 있었다.

희채는 차에서 내리자마자 길에 누워버렸다. 편안했다. 그렇게 한동안 움직이지 않았다. 처음에는 눈을 뜨면 어지러웠지만, 어느 순간부터 어지럼증도 사라졌다. 입을 벌리고 크게 숨을 들이쉬었다.

하늘에서 내려오는 눈나비들이 얼굴로 내려앉았다. 희채는 눈이 꽃잎보다 아름답다는 사실을 새삼스럽게 깨달았다. 그러면서 힘들게 시험을 치르고 온 자신을 축하하기 위해서 내리는 눈이라고 중얼거렸다.

"희채야!"

어디선가 그리운 목소리가 들렸다. 꿈인 줄 알았다.

유리가 전동 휠을 타고 왔다.

유리는 희채 앞에 앉더니,

"쯧쯧, 가엾어라. 왜 이렇게 멀미를 할까?"

하며 자기 무릎에다 희채의 얼굴을 받쳐주었다.

"이제 됐어, 마음 편하게 먹고."

희채는 유리가 여자 친구인 것이 늘 자랑스러웠고　　173

유리가 희채 얼굴을 손으로 쓰다듬었다. 유리의 머리 위에도 하얗게 눈이 쌓여가고 있었다.

늙은 쫑이 뒤에서 뭐라고
소리치기 시작했다

　희채가 시험을 보고 얼마 있다가 태희는 과학고 시험을 보았다. 희채는 태희가 미쳤다고 농담을 했을 정도로 그놈은 공부에 빠져 있었는데, 안타깝게도 그는 2단계 필기시험의 고개를 넘지 못했다. 다행인 것은 태희가 전혀 주눅 들지 않았다는 사실이다. 그리고는 소연이랑 영화를 보고 오더니

　"희채야, 난 수의사 될 거야. 그래서 유기동물들 돌보는 일을 하고 싶어."

　하고 두툼한 입술을 꾹 다물었다. 희채는 그런 태희의 모습을 재빠르게 크로키 노트에다 그린 다음, 그 그림 밑에다

　태희가 꼭 수의사가 되기를 바라.

하고 썼다. 희채는 그 그림을 찍어서 태희한테 보냈다. 태희는 고맙다고 하고는 나중에 동물병원을 개업하면 그 그림을 수의사 자격증 옆에다 꼭 걸어 놓겠다고 약속했다.

예상보다 하루 일찍 발표가 난 합격자 명단에는 희채의 이름이 들어 있었다. 희채는 펄쩍 뛰면서 기뻐하다가 할머니한테 그 사실을 알리려고 하니 잠깐 망설여졌다. 예고를 반대해 온 할머니의 표정이 어떨지 괜히 긴장이 되었다. 그런데 할머니는 뜻밖에도 환하게 웃으면서

"아이고, 당연히 합격할 줄 알았다! 장하다, 우리 희채!"

하고는 안아주었다. 할머니 몸에는 마른 풀냄새가 났다.

희채는 가만히 할머니의 무게를 느끼려고 했지만, 할머니는 그럴 틈도 주지 않고 희채를 밀어낸 다음 아재랑 태희 엄마한테 전화를 걸어서 그동안의 고마움을 전했다. 그런 다음 아빠한테도 전화를 하였다.

희채는 유리와 태희한테 그 소식을 전했다. 그러자 유리가 불현듯 이렇게 말했다.

"니네 할머니는 기뻐하면서도 한편으로는 착잡하시겠다야!"

희채는 한동안 그 말뜻을 이해할 수 없었다. 왜 그렇게 생각하냐고 묻고 싶은 것을 꾹 참고 있었는데

"할머니가 널 혼자 보내려고 하실까?"

하는 말을 듣는 순간, 희채는 자기 가슴을 주먹으로 내리쳤다.

"어쩌면 난 그런 생각 한 번 하지 않았을까? 난 왜 이렇게 생각이 좁을까?"

희채는 유리랑 통화하면서도 계속 그렇게 자신을 타박했다.

할머니는 혼자 거실 식탁에 앉아서 뭔가 깊은 생각에 빠져 있었다. 희채가 옆에 다가가는 것도 몰랐을 정도였다. 묻지 않아도 할머니가 무슨 생각을 하는지 알 수 있었다. 곧이어 태희 엄마한테 전화가 왔는데 할머니의 입에서는

"그러게, 어떻게 해야 할지 모르겠네. 집이야 지 애비가 얻어 주겠지만……."

거의 한숨 범벅이 된 말들은 겨우겨우 흘러나오고 있었다.

할머니는 아직도 병원에 다니고 있었다. 이제 걷는 것은 큰 무리가 없지만 예전처럼 먼 곳을 걸어 다닐 수는 없었다. 고작해야 집에서 마을회관까지 그것도 열 번도 넘게 쉬어야만 갈 수 있었다.

희채는 할머니랑 살면서도 늘 어디론가 떠나고 싶었고, 언제든 마음만 먹으면 떠날 수 있다고 생각했다. 그런데 막상 그런 시간이 다가오자 머리가 아플 정도로 혼란스러웠다.

유리는 그 문제에 대해서는 할머니랑 의논하면 안 된다고 했다.

"할머니는 틀림없이 너랑 같이 가서 살겠다고 하실 거야. 근데 그건 아닌 것 같아. 할머니는 몸도 아프시잖아? 그리고 할

머니가 거기 가서 어떻게 사시냐? 누구 아는 사람도 없고, 어디 놀러갈 곳도 없고……. 그래도 고향에 계셔야 회관에라도 왔다 갔다 하시면서 자유롭게 사시지. 그렇다고 네가 날마다 할머니랑 놀아드릴 수도 없고. 결국 네 아빠랑 의논해야 한다고 봐. 그래서 아빠한테 방 얻어달라고 하고, 너 혼자 살아야지. 어쩔 수 없잖아."

희채는 유리의 말을 번복할 아무런 준비가 되어 있지 않았고, 그래서 아빠한테 전화를 해야겠다고 생각했는데 할머니가 먼저 그 문제에 대해서 입을 열었던 것이다.

"이제 너도 클 만큼 컸고……. 그래서 너도 혼자 살 때가 됐구나. 할머니가 같이 살 수도 있다만, 아무래도 할머니는 몸도 아프고 계속 잔소리만 해댈 것이고……."

할머니의 목소리는 약간 떨리고 있었고, 말을 하면서도 희채의 눈빛을 피하고 있었다. 그러면서도 애써 목소리에다 힘을 주려고 했으나 예전처럼 쩌렁쩌렁한 목소리는 나오지 않았다.

희채는 할머니가 당신의 분신처럼 꼭 안고 있는 쫑의 머리를 쓰다듬으면서

"저도 할머니 잔소리가 지긋지긋해요. 그 잔소리 다시 들으면 아마 먼 우주로 가출할지도 몰라요. 그래서 전 할머니 몸이 성하다고 해도 혼자 살려고 생각했어요. 할머니도 저한테 잔소리 하지 않아도 되고, 잘된 일이잖아요!"

하고 애써 명랑하게 소리쳤다. 할머니도 곧바로 받아쳤다.

"아이고 잘됐다! 나도 너한테 잔소리할 때마다 혈압이 올라가고 소화도 안 되는데…… 몸이 건강해져서 네가 장가갈 때까지 살 수 있겠구나!"

그리고는 돌아섰다. 희채도 그런 할머니를 보지 못하고 돌아섰다.

그해 겨울은 유난히도 눈 인심이 후했다. 사흘거리로 눈이 내렸다. 어른들이 그믐이라고 하는 12월 마지막 날부터 새해 첫날까지는 아주 많은 눈이 내렸다.

마침내 눈이 그치자, 하늘이 파랗게 열리면서 새해 선물인 양 찬란한 햇살이 쏟아졌다. 사람들 땀을 먹고살아온 대지를 덮은 눈이 햇살을 더욱 눈부시게 하였다.

새해가 되어서야 희채는 긴긴 꿈에서 깨어나는 기분이 들었고, 미지의 세계로 떠나간다는 사실이 실감나기 시작했다.

초등학교 3학년 겨울에 서울을 떠나올 때는 어디론가 끌려가는 기분이었다. 자신을 팽개치고 각자 어디론가 떠나가는 엄마랑 아빠가 원망스럽기도 했고

"대체 왜 날 낳았어요? 왜 날 낳았냐구요!"

하고 따지고 싶을 정도였다. 그때는 친하게 지내던 친구들한테도 이사 간다는 사실을 알리지 않았고, 아무런 잘못을 하지

도 않았건만 그냥 도망치는 심정이었다.

다행스럽게도 지금은 달랐다. 주위에 있는 모든 친구들뿐만 아니라 마을 곳곳에 있는 크고 작은 나무들이랑 동네 개들한테 도 그런 사실을 알리고 싶었고, 새로운 세계로 나아간다는 두 려움도 있었으나 그 설렘을 더 만끽하고 싶었다.

혹시나 했지만 기숙사는 자리가 나지 않았다. 희채보다 먼 곳에 사는 입학생부터 배려를 하다 보니 어쩔 수 없다는 학교 측의 답변이 왔다. 할 수 없이 희채는 학교 앞에다 원룸을 얻었 다. 아빠는 희채랑 통화를 하면서

"이제부터 네가 다 알아서 해야 한다!"

그런 말을 몇 번이나 되풀이했는지 모른다. 그래서 희채는 일부러 혼자 집을 구하고, 그 밖의 살림살이까지도 할머니의 도움을 전혀 받지 않고 준비하였다.

물론 유리의 도움이 절대적으로 컸다. 유리는 3월에 베트남 으로 들어간다고 했다. 그래서 유리는 자기네 집에서 사용하던 살림살이를 많이 가져다주었다.

할머니는 다시 병원에 입원하였다. 폐렴이었다. 한 해 한 해 가 아니라 하루하루 달라지는 할머니의 건강이 희채는 몹시 걱 정되었다. 희채는 난생처음 병원에서 이틀 밤을 지새웠는데, 새벽에 눈을 떠보니 할머니가 손을 꼭 잡고 있었다. 희채가 눈 을 뜨자 할머니는 천천히 그 손을 놓아주었다.

"엄마 아빠 없이 어찌 살까 했는데 시간이 문제지, 다 살아가는 것을 괜히 걱정해대고, 잔소리해대고……. 그동안 너랑 살면서 할머니는 참 좋았단다. 넌 네 아빠랑 닮은 듯하면서도 달랐고, 네 아빠보다 말랐지만 더 솔직하고 끈기도 있고……."

그건 장승처럼 굵은 눈을 부라리면서 거친 강물조차 함부로 하지 못할 것처럼 강해 보이던 모습이 아니었다. 그래서 더 불안했다. 다행히 내일이면 퇴원을 한다고 했으나 의사 선생님의 말처럼 이제 할머니라는 영혼을 지켜온 몸은 늙을 대로 늙고 고물이 되어버렸는지라 걸핏하면 고장이 나고 문제가 생길 것이다. 그 말을 듣고 나니 새삼 할머니가 정말 늙었구나, 하는 생각을 하게 되었다. 그리고 쫑을 볼 때마다

"너랑 할머니 중에서 누가 더 나이가 많니?"

하고 물어보고 싶었다. 신기하게도 쫑은 할머니가 보이지 않자 희채한테 귀찮게 굴지도 않았고, 하루 종일 창가에 앉아서 누군가를 기다렸다.

희채는 처음으로 '늙음에 대해서' 생각했다. 80여 년 가까이 쉬지 않고 살아온 인간이라는 기계가 이렇게 약해져가고 있었다. 희채가 시골로 와서 마주했던 할머니라는 기계는 영원히 고물이 되지 않을 것 같았다. 불과 얼마 전까지만 해도, 그러니까 지난여름까지만 해도 희채는 그렇게 생각했다.

그리고 하루아침에 희채가 할머니의 보호자가 되어 있었다.

물론 형식적인 측면이 강하지만 할머니는 은근히 희채한테 기대고 있었고, 그런 할머니의 눈빛을 확인할 때마다 희채는 마음이 무거워졌다.

할머니가 퇴원하던 날도 눈이 내렸다. 태희 엄마의 차에서 내린 할머니는 하얗게 덮인 마당을 보고는

"눈 내린 날은 새벽에 일어나서 걷다가 내 발자국을 돌아다보곤 하는데, 난 그럴 때가 가장 좋았어. 올해도 눈을 볼 수 있어, 고맙구나! 눈은 항상 볼 때마다 첫눈 같거든."

그렇게 말을 한 다음 하얀 눈이 덮여 있는 마당을 가로질러 뒤란으로 돌아갔다가 다시 마당으로 나왔다. 당신의 발자국을 집안 곳곳에다 남겨 놓아야만 비로소 마음이 놓이는 모양이다.

희채는 중학교 친구들이랑 4박 5일간 여행을 갔다. 처음에는 희채랑 유리만 가려고 했으나 어떻게 알았는지 태희랑 소연이가 달라붙었고, 그 다음에는 음새랑 한울이까지 붙었다. 태희 엄마가 나서서 역 주위에 있는 숙소를 미리 예약을 해주는 통에 그들은 아무런 걱정 없이 시간 속을 떠돌아다녔다.

희채는 음새를 비롯하여 소연이하고도 친해졌으며, 무엇보다도 늘 어려워했던 한울이를 많이 알게 되었다. 특이하게도 한울이는 남자 간호사가 되고 싶어 했으나 부모님은 무조건 공무원이 되어야 한다고 몰아가는 모양이었다. 그러자 음새가 나

서서

"야, 넌 인상도 좋고 하니까 간호사가 되면 인기짱이겠다!"

하고 말했고, 한울이는 얼굴이 빨개지면서도 헤헤헤 하고 웃었다.

한울이는 워낙 음치라서 학교에서 배우는 노래조차도 제대로 박자를 맞추지 못했다. 그런데도 한울이는 늘 노래를 흥얼거렸고, 그때마다 음새가 같이 흥얼거려주었다.

희채는 음새랑 한울이가 잘 어울린다고 생각을 하면서도, 뭔가 소중한 것을 빼앗기는 것 같은 기분을 감출 수는 없었다. 참으로 알 수 없는 일이었다. 그만큼 희채도 음새를 좋아했다는 뜻이었다.

그리고 여행 3일째 되는 날, 음새가 다가와서

"희채야, 나 한울이랑 많이 친해졌어. 물론 태희하고도 그렇고. 너하고도 그렇게 지내고 싶어. 괜찮지? 고딩이 되어서도 편하게 연락하고, 힘들 때 하소연도 하고, 같이 떡볶이 먹고…….
그런 친구로 지내고 싶어. 괜찮지?"

하고 말하자

"당근이쥐~."

하고 그녀의 손을 잡아주었다.

여행 4일째 되는 날, 동해 바다에 도착했다. 희채는 바닷가에 도착하고 나서야 유리한테

"유리야, 고마워. 나를 위해서 이 여행을 기획했다는 거 다 알아."

하고 말했다. 기차를 타고 올 때만 해도 하늘은 잔뜩 찌푸려 있었는데 바닷가로 나오자 구름이 빗장을 풀고 맑은 햇살을 거칠게 쏟아냈다. 파란 바닷물은 햇살을 온몸으로 받아들였다.

유리도 그런 햇살을 받아들이듯이 눈을 감고 있다가 한국을 떠나기 전에 희채랑 꼭 바다를 보고 싶었다고 속삭였다.

"그때 우리 안개 속에서 말했잖아? 꼭 같이 바닷가에 가자고……."

유리는 거칠게 바닷물이 찰랑거리는 모래사장에서 두 손을 높이 흔들었다. 그러다가 모래사장에다 크게 하트를 그렸고, 그 안에다 희채의 이름을 적었다. 희채가 와서 유리의 이름도 적었다. 그들은 그것을 휴대폰으로 찍었다.

이번에는 희채가 커다랗게 하트를 그렸다. 그리고 하트 안에 들어가서 앉았다. 유리가 그 옆으로 와서 앉았다. 둘은 나란히 어깨를 기댔다. 유리는 할머니의 건강을 묻고는 귀에 닿을락 말락 하게 속삭이기 시작했다.

"희채야, 이제 우리가 헤어질 날도 얼마 남지 않았구나! 하나하나 집안 정리도 하고, 그러다 보니 이건 단순한 이사가 아니라는 생각을 하게 되었어. 지금까지 살아온 것들하고의 이별, 정들었던 것들하고의 이별……. 뭐 그런 생각."

"사실 나도 복잡해. 할머니마저 몸이 아프시고 그래서……
그래도 여행 오니까 다 잊고 좋다. 이래서 사람들이 여행을 다
니나 봐. 난 저 바다 보니까, 엄마랑 봤을 때랑 또 달라. 그땐 저
바다가 더 이상 엄마랑 같이 할 수 없는, 어떤 '경계'라고 생각
했지. 근데 지금은 그런 생각이 안 들어. 어떤 '경계'나 '끝'이
아니라, 어떤 미지의 세계, 그러니까 새로운 시작 같아. 막 뛰어
서 건너가고 싶은…… 어쩜 이렇게 생각이 달라질 수 있을까?"

희채는 유리의 손바닥에다 글씨를 새겨주듯이 또박또박 말
했다.

희채는 여행에서 돌아오자마자 컴퓨터에 저장된 사진파일
을 끄집어냈다. 그러다가 중학교 입학식 날 할머니랑 같이 찍
은 사진을 찾아내고는 순간적으로 멍해졌다.

"어, 할머니가 환하게 웃고 계시네!"

그날 아재랑 같이 학교 운동장에 나타난 할머니는 옷차림도
블루베리 농장에서 일하던 그 복장 그대로였고, 희채를 보고도
한마디 따뜻하게 축하한다는 말도 하지 않았다. 희채는 그런
할머니가 못마땅했고, 아재가 같이 사진을 찍으라고 할 때도
내키지 않았다. 그런데 할머니는 막상 아재가 사진을 찍으려고
하자 희채의 어깨를 살그머니 잡고는 환하게 웃고 있었다. 그
러나 할머니 옆에 있는 희채는 전혀 웃지 않았다. 그것이 마음

에 걸리기는 했으나 희채는 그 사진을 인화하여 할머니에게 드렸다.

할머니는 그 사진을 보자마자

"이때만 해도 젊었구나! 아이구, 우리 손자, 그때랑 비교하니까 많이 컸네!"

하고 환하게 웃어주었다.

드디어 마을을 떠나던 날 아침, 할머니는 당신이 손수 지어낸 밥을 차려서 희채에게 먹이고는, 마당으로 나오면서 몇 번이나 몸단속 잘하라는 말을 되풀이했다.

희채는 저도 모르게 마당가에 있는 꽃밭이며 단풍나무랑 자두나무를 비롯하여 온갖 크고 작은 나무들을 바라다보았다.

이곳은 희채의 생가도 아니다. 어쩔 수 없이 6년 정도 머물러 있어야 했던 마치 유배지 같은 곳이다. 그런데 눈길이 닿는 곳마다 추억이 묻어 있었다.

아무렇지도 않게 쳐다만 보았던 태희네 담을 비롯하여 마당가에 있는 물뿌리개, 호미, 모종삽 그리고 양지바른 곳에서 꾸무럭거리는 푸르고 작은 풀들, 그 이파리 사이로 역시 고물거리는 작은 곤충들까지도

"그동안 너무 고마웠다! 안녕!"

하고 인사를 하고 싶었다. 겨우내 찬바람에 시달리고 미세먼

지에 시달리던 하늘이 오랜만에 어린애처럼 맑은 얼굴을 드러 낸다.

대부분의 짐들은 택배로 보냈기 때문에 희채는 그냥 가방만 들었다. 그런데도 그 가방이 무겁게 느껴졌다.

희채가 할머니한테 나오지 말라고 하면서 마당을 벗어나려 고 하자,

"희채야!"

하고 할머니가 불렀다. 돌아선 희채의 눈에는 늙은 개를 안 고 있는 할머니가 엉거주춤 손을 흔들고 있는 것이 보였다.

"할머니, 여기서 멀지 않으니까, 자주 들를게요. 제가 서울이 나 베트남으로 가는 것도 아니잖아요."

할머니는 희채의 말을 듣고는 한동안 집안을 둘러보다가

"때가 됐으니까 떠나는 것은 좋은 일이다!"

하고 무거운 돌멩이 하나를 내려놓듯이 말한 다음 다시 손 을 들었다. 때마침 햇살이 가득 부서져 내리면서 할머니의 얼 굴이 환해졌다.

희채는 순간적으로 이 집에서 살다가 떠나간 사람들을 숱하 게 배웅해온 할머니의 시간을 생각했다. 할머니는 시집온 이후 로 한 번도 이곳을 떠난 적이 없었다. 오직 떠나가는 사람들을 지켜보았을 뿐이다. 어쩌면 이 집에서 떠나가는 사람은 희채가 마지막이 될지도 모른다. 그런 생각을 하자 이상하게도 가슴이

뭉클해서

"할머니, 들어가세요. 어서요!"

하고 손짓하며 크게 소리쳤다. 그래도 할머니는

"여기가 집이고, 마당이나 방이나 뭐가 다르냐!"

하고 한사코 손을 흔들어대기만 했다. 희채는 그런 할머니의 마음을 알 것 같았다. 적어도 어린 손자한테만큼은 당신의 뒷모습을 보여주고 싶지 않았을 것이다. 아마 돌아가시기 전에는 절대 뒷모습을 보여주려고 하지 않을 것이다.

희채가 한참 걸어가다가 저도 모르게 등을 돌렸다. 그때까지도 할머니는 한없이 부서지는 햇볕을 흠뻑 뒤집어쓴 채로 그 자리에 서서 손을 흔들고 있었다.

그때 앞쪽에서 유리가 손을 흔들면서 다가오고 있었다. 이상하게도 그녀의 실루엣이 흐려졌다. 순간 희채는 몸을 돌리면서,

"할머니이!"

하고 달려가서, 그 늙은 몸을 힘껏 끌어안았다. 그 어떤 어머니들보다 커 보였고, 그 어떤 할머니들보다 더 강해 보였던 '박막님'이라는 늙은 여자는 힘없이 희채의 품 안으로 빨려 들었다. 희채는 할머니 몸이 이렇게 작다는 사실을 새삼 아프게 깨달았다. 희채는 마른 풀잎 냄새 풍기는 할머니 가슴에다 코를 비비면서 이렇게 속삭였다.

"할머니, 걱정 마세요. 두고 보세요."

사랑한다는 말을 하려고 했지만 엉뚱하게 그 말이 나와버렸다.

할머니는 고개를 끄덕이면서 한 줄기 흘러나온 눈물을 닦아냈고, 잠시 뒤 희채를 쳐다보던 눈에서는 감쪽같이 눈물이 사라지고 없었다.

희채는 할머니 품에 안긴 쫑의 숨소리를 들었고 저도 모르게

"쫑! 할머니 잘 부탁한다! 쫑, 그리고 그동안 고마웠어!"

하고 말을 한 다음, 할머니의 손을 놓고 천천히 걸어갔다. 발이 무거웠지만 알 수 없는 어떤 힘들이 뒤에서 밀어주고 있었다.

늙은 쫑이 뒤에서 뭐라고 소리치기 시작했다.

첫사랑*ing*

창작 노트

나는 첫사랑 예찬론자다

두 아이가 있었다. 한 아이는 부모님이 이혼한 뒤에 시골에 있는 할머니한테 맡겨졌고, 또 한 아이는 아버지가 사고로 돌아가신 뒤에 베트남에서 시집온 어머니와 함께 살아간다. 그러니까 두 아이는 살아가는 데 있어서 치명적인 결함을 갖고 있는 셈이다. 둘 다 부모님의 완벽한 보호를 받지 못하고 있는 것이다.

어머니 밑에서 성장하는 것과 할머니 밑에서 성장하는 것은 많은 차이가 있다.

할머니는 단지 생물학적으로 어린 손주들을 키울 뿐이다. 그 이상은 어찌할 수가 없다. 아이를 키운다는 것은 단순하게 먹여주고 재워주는 생물학적인 조건만이 필요한 게 아니다. 그보다 더 중요한 것은 아이들이 이 사회의 가치를 알아가고, 이 사회가 요구하는 경쟁 속에서 살아남을 수 있도록 교육을 시키는 일이다. 할머니들이 그런 막중한 일을 수행하기란 현실적으로 쉽지 않다. 그래서 할머니들에게 맡겨진 수많은 결손가정의 아이들이 자신의 꿈을 갖고 살아가는 데 힘겨울 수밖에 없다.

일명 다문화가정 속에서 살고 있는 아이들도 자기의 꿈을 갖기란 쉽지 않았다. 이 글에 나오는 아이도 마찬가지다. 어머니가 있지만, 한국 사람이 아니기 때문에 이 사회에서 살아가는 것조차 버겁다. 아이에게 어머니란 절대적인 존재이다. 특히 한국 사회에서는 어머니에 의해서 아이들이 어떤 모습으로 성장하는지가 결정된다고도 볼 수 있다. 그런데 타국에서 시집온 어머니는 자신의 아이를 다른 어머니들과 경쟁하면서 키워낼 능력이 떨어진다. 더구나 이 글에 나오는 아이는 아버지마저 없다. 그러다보니 자신이 오히려 어머니를 보호해주는 언니 같은 역할을 하기도 한다.

그런 극단의 환경 속에서 두 아이는 살아간다. 겉으로는 아무런 문제가 없다. 하지만 그들은 늘 마음속으로 외롭고, 누군가와 속마음을 드러내놓고 이야기하고, 위로받고 싶어 한다.

그런 두 아이가 만나서 생에 첫사랑을 하면서, 서로의 존재적인 고민을 나눈다. 처음에는 그맘때 강렬하게 밀려오는 이성에 대한 호기심으로 시작되지만, 사랑한다는 것은 서로를 알아야 하고 또한 그들은 날마다 몸과 생각이 자라나는 나이인지라 미래에 대한 꿈을 찾아주어야만 서로에 대한 애정이 강해진다는 것을 알아간다. 그래서 그들은 부단히 세상과 삶에 대한 고민을 한다. 그리고 서로의 마음속에 웅크리고 있었던 자그마한 꿈 혹은 희망 같은 것을 찾아주고, 그것을 향해 갈 수 있도록 격려해준다.

첫사랑이 아름답다고 하는 것은, 처음 맞이하는 사랑이라는 의미가 크지만 실은 '성장을 하면서 맞이하는 사랑'이기 때문이다. 성장한다는 것은 몸과 마음이 자란다는 뜻이다. 그러니까 첫사랑은 몸과 마음이 자라나는 데 따뜻하고 긍정적인 힘을 주는 셈이다.

두 아이는 자신들의 존재적인 조건 때문에 꿈을 갖지 못하고 있었지만, 첫사랑을 하면서 꿈을 가진 아이들처럼 표정이 밝아지고 세상을 따뜻하게 보려고 애를 쓴다. 그러다보니 자신도 모르게 생각하는 것이 긍정적으로 바뀌고, 또한 살아가는 힘이 더 강해진다.

꿈을 가진 사람은 자기도 모르게 밝아지고 따뜻한 생각을 하게 된다. 설령 그 꿈을 이룰 수 없다고 할지라도 그런 힘이 은연중에 나오게 된다. 그만큼 꿈을 갖는 것이 중요하다는 뜻이다. 두 아이는 사랑을 하게 되면서 꿈을 가진 아이들처럼 살아가게 된다. 그것이 첫사랑의 힘인데, 미숙한 두 아이의 생각이 하나로 합쳐져서 놀라운 에너지를 만들어낸다고 볼 수 있다.

결국 이 아이들은 서로의 꿈을 찾아내고, 보다 더 큰 세상으로 나아가면서 '떠나가는 것'과 '그 자리를 지키는 것'에 대해서 알아간다. 누군가는 그 자리를 지키고, 누군가는 떠나가고, 또 누군가는 돌아오는 것이 우리네 삶이다. 그런 흐름 속에서 자신들의 미래를 아름답게 꿈꾼다.

사실 나는 이 글을 쓰면서, 참으로 오랜만에 눈물을 흘렸다.

그때 앞쪽에서 유리가 손을 흔들면서 다가오고 있었다. 이상하게도 그녀의 실루엣이 흐려졌다. 순간 희채는 몸을 돌리면서,
"할머니이!"
하고 달려가서, 그 늙은 몸을 힘껏 끌어안았다. 그 어떤 어머니들보다 커 보였고, 그 어떤 할머니들보다 더 강해 보였던 '박막님'이라는 늙은 여자는 힘없이 희채의 품 안으로 빨려 들었다. 희채는 할머니 몸이 이렇게 작다는 사실을 새삼 아프게 깨달았다. 희채는 마른 풀잎 냄새 풍기는 할머니 가슴에다 코를 비비면서 이렇게 속삭였다.

"할머니, 걱정 마세요. 두고 보세요."

사랑한다는 말을 하려고 했지만 엉뚱하게 그 말이 나와버렸다.

할머니는 고개를 끄덕이면서 한 줄기 흘러나온 눈물을 닦아냈

고, 잠시 뒤 희채를 쳐다보던 눈에서는 감쪽같이 눈물이 사라

지고 없었다.

희채는 할머니 품에 안긴 쫑의 숨소리를 들었고 저도 모르게

"쫑! 할머니 잘 부탁한다! 쫑, 그리고 그동안 고마웠어!"

하고 말을 한 다음, 할머니의 손을 놓고 천천히 걸어갔다. 발이

무거웠지만 알 수 없는 어떤 힘들이 뒤에서 밀어주고 있었다.

늙은 쫑이 뒤에서 뭐라고 소리치기 시작했다.

이 마지막 장면을 구성하는 순간부터 글을 마무리하는 순간까

지. 아무리 참아내려고 해도 눈물도랑이 내 볼을 타고 주르르 흘

러내렸다. 그렇게 수십 번이나 울었다. '박막님'이라는 늙은 인간,

한평생 그 자리를 지켜내면서 수많은 사람들을 떠나보낸 그 나무

같은 인간을 끌어안는 아이의 감정에 빠져들다 보니, 그만 어머니

가 생각나서 울어버렸다. 누군가 꿈을 찾아 떠난다는 것은, 또 다

른 누군가가 그 자리를 지켜주기 때문이라는 것을 알았기 때문인

지도 모른다. 그만큼 지켜준다는 것이 중요하다. 지키기 위해서는,

때로는 자신의 꿈을 접어야 할 때도 있다. 어쩌면 꿈을 찾아 떠나

는 것보다 지키는 것이 더 힘들지도 모른다. 그런 사람들의 얼굴이 떠올랐다. 그래서, 어쩌면 그래서, 그런 가치가 더 소중하게 느껴져서 눈물이 나왔는지도 모른다. 작가 생활 거의 30년이 다 되어가지만, 내가 글을 쓰다가 울어보는 것은 첫 작품인『딸꼬마이』와 이 작품뿐이다.

나는 첫사랑 예찬론자다. 왜냐하면 내가 첫사랑을 하면서 청소년기의 어두운 터널을 지나왔기 때문이다. 그것마저도 없었더라면 어땠을까. 하도 여기저기 다니면서 청소년기의 어두운 이야기를 했기 때문에, 여기에서는 구체적인 이야기를 피하겠다. 다만 아무런 꿈과 희망이 없던 시절에 첫사랑은 내 출구였고, 유일한 안식처였다. 거의 날마다 일기 쓰듯이 첫사랑에게 편지를 쓰고, 기다리면서 그 하루하루를 버티어냈다.

그러니까 이 글은 그 시절 힘들게 살아왔던 그 아이에게 보내는 헌사이다. 또한 이 세상 모든 첫사랑들에게 보내는 노래라고 생각한다. 다만 안타까운 것은 첫사랑을 맞이하는 이들이 아직 어리다보니, 사랑을 하고 싶은 욕망조차도 부모님들에게 통제 당한다는 사실이다.

내 첫사랑도 그랬다. 우리는 보다 좋은 모습으로 만나자고 약속했다. 그런데 어느 날 아무런 통고도 없이 상대방이 연락을 끊었다. 나는 상대방을 만나지 않고도 왜 그런 상황이 되었는지 예측할 수 있었다.

"부모님이 만나지 못하게 하였구나! 연애는 나중에 대학에 가서 해도 돼. 공부에 방해되니까 더 이상 연락하지 마라! 뭐 그랬겠지."

그런 뻔한 부모님들의 스토리가 떠올랐고, 그때 처음으로 나이가 어리다는 것이 그렇게 억울할 수가 없었다.

내가 보내온 청소년기가 너무 어두웠기 때문인지 내가 쓰는 소설들이 대체로 어두웠던 것도 사실이다. 그래서인지 밝게 글을 쓰려고 노력했다. 이 글은 첫사랑을 소재로 하고 있지만 기실 담아내는 내용의 무게는 지금까지 내가 써온 어떤 글보다 더 무겁다. 그런데도 이 글은 비교적 가볍게 읽힌다. 그렇게 쓰려고 애를 썼다. 지나가는 개나 고양이도 재미있게 읽을 수 있도록, 그런 마음으로 썼다. 그랬으면 좋겠다.

첫사랑이라는 놈, 그놈 자체가 그렇다. 뭔가 정돈된 것하고는 거리가 멀고, 또한 뭔가 논리적인 것하고도 거리가 멀고, 때론 느리고, 말하고 싶지도 않고, 때론 생각하고 싶지도 않다가도 번뜩이는 광채처럼 기발한 생각이 떠오르고, 갑자기 맹목적으로 보고 싶고, 울고 싶고, 떠들고 싶고, 안고 싶은 것. 그러다가 세상을 보면 하늘을 나는 것 같고, 어떤 경계를 넘어 자유롭게 꿈꾸는 것 같고, 봄날 숲에서 종알종알 움트는 새싹들처럼 새로운 생각이 돋아나게 하는 것. 첫사랑이란 놈은 그런 마술을 갖고 있다. 그러니 첫사랑이 오면 피하지 말고, 당당하게 나아가서 맞이하기를 바란다.

살아가면서 새삼 꿈에 대한 생각을 더 많이 하게 되고,
더 많은 사람들이 자기들만의 꿈을 찾아 떠났으면 좋겠다는 생각을
부쩍 많이 하게 되는 2019년 늦봄, 어느 날
이상권

첫사랑 ing

ⓒ 이상권, 2019

초판 1쇄 발행일 | 2019년 7월 3일
초판 2쇄 발행일 | 2020년 10월 20일

지은이 | 이상권
펴낸이 | 사태희
편집인 | 배우리
디자인 | 박소희
마케팅 | 장민영
제작인 | 이승욱, 이대성

펴낸곳 | (주)특별한서재
출판등록 | 제2018-000085호
주 소 | 서울시 마포구 양화로 59 화승리버스텔 703호
전 화 | 02-3273-7878
팩 스 | 0505-832-0042
e-mail | specialbooks@naver.com
ISBN | 979-11-88912-48-3 (43810)

• 본문에서 인용한 RM, SUGA, J-HOPE의 〈땡〉, 방탄소년단의 〈봄날〉
'KOMCA 승인필' 했습니다.

이 도서의 국립중앙도서관 출판예정도서목록(CIP)은 서지정보유통지원시스템
홈페이지(http://seoji.nl.go.kr)와 국가자료종합목록시스템(http://www.nl.go.kr/kolisnet)에서
이용하실 수 있습니다. (CIP제어번호 : CIP2019023287)